06/02

Arena-Taschenbuch
Band 50691

Von Federica de Cesco sind als Arena-Taschenbuch erschienen (Auswahl):

Tochter des Meeres (Band 2308)
Das Gold der Azteken (Band 2953)
Weißer Kranich über Tibet (Band 50297)
Die goldenen Dächer von Lhasa (Band 50621)
Tara und die Reiter des Windes (Band 50622)
Kel Rela – Im Herzen der Sahara (Band 50623)
Hinani – Tochter der Wüste (Band 50624)
Aischa oder die Sonne des Lebens (Band 50047)
Anahita – Im Land des Monsuns (Band 50049)
Der rote Seidenschal (Band 50467)
Der Türkisvogel (Band 50468)
Sonnenpfeil (Band 50469)
Shana – Das Wolfsmädchen (Band 50499)

Federica de Cesco
wurde in Italien geboren.
Sie hat viele Länder kennengelernt und lebt heute mit ihrem japanischen Ehemann in der Schweiz.
Ihre Bücher wurden in zahlreiche Sprachen übersetzt.
Für ihr schriftstellerisches Schaffen wurde Federica de Cesco mehrfach ausgezeichnet.

Federica de Cesco

Melina und die Delfine

Arena

FSC
www.fsc.org
MIX
Papier aus verantwortungsvollen Quellen
FSC® C110508

2. Auflage als Arena-Taschenbuch 2015

Umschlaggestaltung und -typografie: knaus. büro für konzeptionelle und visuelle identitäten, Würzburg, unter Verwendung eines Fotos von © plainpicture
Gesamtherstellung: Westermann Druck Zwickau GmbH
ISSN 0518-4002
ISBN 978-3-401-50691-3

www.arena-verlag.de
Mitreden unter forum.arena-verlag.de

1. Kapitel

Melina schlief unruhig in dieser Nacht. Der Mond war spät aufgegangen, wie eine schmale, kupferne Sichel. Sie hatte am Fenster gestanden, ihn lange beobachtet und dabei auf die rasselnden Atemzüge des kleinen Bruders gehorcht, auf die Schmatzlaute, die er manchmal ausstieß. Yannis hatte nur dann Angst einzuschlafen, wenn der Wind vom Meer wehte und die Wellen rauschten. Melina lag in solchen Nächten still im Bett und wartete, bis er sich endlich nicht mehr rührte. Oft fielen ihr dabei die Augen zu; aber meistens schreckte sie wenig später auf und fand Yannis unter ihrem Bett. Dort hockte er und guckte mit großen Augen. Er konnte nicht aus dem Zimmer, seitdem sie den Schlüssel hatte. Wollte er aus dem Fenster klettern, musste er über ihr Bett steigen, was sie sofort merkte.

In dieser Nacht aber hatte Yannis fest geschlafen, obwohl die Grillen wieder sehr laut gewesen waren. Mindestens eine Stunde vor Sonnenaufgang müsste sie ihn wecken, das hatte sich Melina fest vorgenommen!

Als sie die Augen aufschlug, wusste sie auch ohne Uhr, dass jetzt die richtige Zeit war. Sie griff nach Jeans und T-Shirt, zog sich an, schlüpfte in die Turnschuhe. Dann beugte sie sich über Yannis und schüttelte ihn. Der kleine Junge seufzte, drehte sich auf die andere Seite. Melina legte ihren Mund an sein Ohr.

»Yannis, komm! Wir müssen gehen . . .«

Yannis stieß sie mit der Schulter weg; er wollte schlafen.

»Yannis, wach auf! Die Drosoulites! Sonst verpassen wir sie.«

Die Drosoulites. Das Wort drang in das Bewusstsein des Jungen. Er wälzte sich herum. Melina sah in der Dunkelheit seine Augen leuchten.

»Komm!«, wiederholte sie.

Yannis schob die Beine aus dem Bett. Er stellte die nackten Füße auf den Boden und richtete sich schlaftrunken auf; dabei rieb er sich mit beiden Fäusten seine Augen. Melina zog ihm Hose und Hemd an. Sie bückte sich, schnürte die Bänder seiner Turnschuhe zu. Keiner durfte ihn berühren, nur Melina.

Sie legte einen Finger auf ihre Lippen, drehte leise den Schlüssel um und stieß die Tür auf. Mit angehaltenem Atem schlichen sie an der offenen Zimmertür ihrer Eltern vorbei. Die beiden schliefen. Der Vater atmete schwer und geräuschvoll und Melina sah auf dem hellen Kissen das schwarze Haar ihrer Mutter. Sie löste es nur abends zum Schlafen. Tagsüber trug sie es in einem Knoten oder verbarg es unter dem Kopftuch. Lautlos ging es weiter durch den Wohnraum. Blaues Nachtlicht fiel durch das Fenster und die

Schatten der Möbel zeichneten sich scharf auf dem Steinboden ab. Melina schob den Riegel der Haustür zurück, die sich mit leisem Knarren öffnete. Mavros lag vor seiner Hütte. Die Kette klirrte, als er den Kopf hob und sich träge reckte.
»Ruhig, Mavros!«, flüsterte Melina.
Der schwarze Schäferhund legte sich wieder hin. Aus dem Hühnerstall klang verschlafenes Gegacker. Es wurde höchste Zeit; bald würden die Hähne krähen.

Es gab viele Dinge, die Yannis erschreckten, aber vor der Dunkelheit fürchtete er sich nicht. Auch die Ruinen der alten Burg machten ihm keine Angst. Ein anderes Kind hätte sich wohl kaum mitten in der Nacht mit ihr dorthin auf den Weg gemacht, um Gespenster zu sehen, dachte Melina. Yannis aber schlurfte ruhig neben ihr her.
Von der Anhöhe aus waren die flachen, weiß und ockergelb gestrichenen Häuser des Dorfes zu sehen. Auf den kleinen Fischkuttern im Hafen brannte mattes Licht. Einige waren

schon hinausgefahren. Sie brauchten etwa eine Stunde bis zu den Fischplätzen. Gleich neben dem Hafen begann der Strand. Und weiter ostwärts lag die offene See; davor eine wilde, unbewohnte Gegend. Dort fiel das Ufer steil ab und die Brandung toste. Das Licht des Leuchtturms hoch oben auf der Klippe war schon erloschen.

Melina und Yannis gingen landeinwärts. Es roch nach Kamille, Minze und staubigen Binsen. Der Weg führte in Windungen den Berghang hinauf. Melina ging schnell und elastisch. Yannis trottete mit gesenktem Kopf hinter ihr her. Weiter oben, nach einer Kurve, wurde plötzlich der Mondsplitter sichtbar, kaum groß genug, um einen Lichtschimmer auszusenden. Der Weg wurde steil, Melinas Atem beschleunigte sich. Nichts regte sich hier, sogar die Brandung war jetzt verstummt. Es kam ihr so vor, als seien sie die einzigen menschlichen Geschöpfe auf der Welt.

Die Ruinen am Berghang mit ihren Zinnen und klotzigen Ecktürmen hoben sich

schwarz vom Nachthimmel ab. Vor zweihundert Jahren hatte sich an diesem Ort eine grausame Schlacht zwischen Kretern und Türken abgespielt. Viele Männer waren hier damals umgekommen.
Am Berghang, oberhalb der Burg, standen die Reste einer mittelalterlichen Kirche. Sie schien seit jeher mit der Erde verwachsen zu sein. Ein Pfad führte hinauf, den die Ziegen im Laufe der Zeit ausgetreten hatten. Melina war er seit frühester Kindheit vertraut. Doch nachts war alles anders. Die mächtige Burg glich einem phantastischen Bauwerk aus einer anderen Welt.
Aber Melina fürchtete sich nicht. Sie wusste, dass einem die wilden Tiere nichts tun, wenn man sie nicht bedroht. Und auch, dass die Seelen der Verstorbenen gut und hilfsbereit sind. Fürchten musste man nur die Menschen und hier wohnten keine.
Während sie über die Steine kletterten, brach im Osten das Silbergrau der Dämmerung hervor. Aus den Sträuchern und Bäumen hörte man ein erstes zartes Zwitschern eini-

ger Vögel, die das Nahen des Tages verkündeten. Es war plötzlich kalt geworden. Melina spürte, dass ihre Haut feucht und klebrig war. Die Kühle kam vom Meer, das auf einmal zwischen den Felsen sichtbar wurde: eine glänzende Masse, dunkel wie Stahl. Feine Nebelschleier wirbelten über dem Wasser.

Als er das Meer sah, blieb Yannis wie angewurzelt stehen. Melina warf ihm einen raschen Blick zu. Sein Gesicht war hart und völlig ausdruckslos.
»Yannis«, sagte sie. »Komm!«
Er rührte sich nicht. Die Augen blickten starr. Kein Muskel regte sich in seinem Gesicht.
»Yannis, du brauchst keine Angst zu haben. Das Meer ist weit weg.«
Schweigen. Yannis bewegte sich immer noch nicht. Melina seufzte. Sie hockte sich auf ihre Fersen und umschlang den Bruder mit beiden Armen.
»Yannis, willst du nicht die Drosoulites sehen?«

Über dem Meer schimmerte der Himmel jetzt rosig.

»Schnell!«, sagte Melina. »Sonst ist es zu spät!«

Yannis schaukelte von einem Fuß auf den anderen.

Melina merkte, wie sehr er gegen seine Furcht ankämpfte. Sie nahm seine kalte Hand.

»Komm!«

Yannis überwand seine Angst. Er folgte ihr ohne weiteren Widerstand. Sie kletterten weiter bis zu den Ruinen der Kirche. Durch die Risse und Sprünge in der verfallenen Mauer fiel das rosafarbene Licht.

Die Großmutter hatte Melina genau erklärt, was sie zu tun hatte. Melina glaubte ihre Stimme noch zu hören. »Warte vor Tagesanbruch vor dem großen Torbogen«, hatte sie gesagt. »Sobald die Sonne aus dem Meer steigt, kommen die Taumänner aus der Kirche und wandern der Burg entgegen. Aber du kannst ihre Schatten nur zwischen dem 17. und 30. Mai sehen. Am 22. Mai wechselt das Sternzeichen des Stieres in das Sternzeichen

der Zwillinge. Das ist ein besonderes Zeichen.«
»Yannis und Mikis wurden in dieser Nacht geboren!«
Die alte Frau hatte genickt: »Ebendarum.«

Das war im letzten Sommer gewesen, kurz bevor ihre Großmutter starb. Melina konnte es kaum glauben, so lang war das schon her. Ihr kam alles vor wie gestern: das Meckern der Ziegen, das friedliche Summen der Bienen, der Geruch nach reifen Orangen, nach Fenchel und Thymian im Garten der alten Frau. Auf dem Dach hatten Tauben gegurrt. Großmutter Domitia saß damals auf einem kleinen Schemel, schwarz gekleidet, aber ohne Kopftuch. Ihr kurz geschnittenes, silbergraues Haar schimmerte in der Sonne. Alle alten Frauen trugen ein Kopftuch, außer Domitia. Sie lebte allein. Ihren Mann hatte sie vor ein paar Jahren verloren. Melina erinnerte sich kaum noch an den Großvater. Domitia ließ sich nie in der Kirche blicken, was Anlass zu Getuschel gab. Aber die Dorfbewohner schätzten sie, weil sie – wie man sagte – die »heilenden Hände« hatte. Da ließ man sich gern von ihr helfen; zumal der Arzt im Nachbardorf teuer war. Domitia wusste, von wem sie Geld verlangen konnte. Von manchen nahm sie nur ein Huhn, Gartengemüse oder ein Körbchen Eier.

»Woher haben die Drosoulites eigentlich ihren Namen?«, hatte Melina damals wissen wollen.

»Drosoulites heißt Taumänner. Und sie heißen so, weil sie aus dem Feuchten kommen, aus dem Wasser. Auch die ersten Lebewesen wurden im Wasser geboren, vergiss das nicht.«

»Hast du sie auch schon gesehen?«

Die Großmutter hatte gelächelt. Ihre Zähne waren noch weiß und schön gewesen. Sobald sie lächelte, sah sie jünger aus.

»Ja, als ich siebzehn Jahre alt war. Ich wusste, dass man sich etwas wünschen darf, wenn sie erscheinen. Die Drosoulites erfüllen jeden Wunsch, der aus ehrlichem Herzen kommt.«

»Hast du dir etwas Besonderes gewünscht?«

Gedankenverloren hatte sie genickt.

»Ich hatte am Osterfest einen jungen Burschen beim Tanz gesehen. Gertenschlank, mit Locken wie schwarze Trauben. Er war nicht aus unserem Dorf. Er sprang so hoch, dass alle ihm zujubelten. Den ganzen Abend ließ ich ihn nicht aus den Augen.«

Melina hatte gekichert, hinter vorgehaltener Hand.

»Und? Haben die Taumänner deinen Wunsch erfüllt?«

»Er wurde dein Großvater«, hatte Domitia gesagt.

Melina hatte einen Blick auf Yannis geworfen. Der kauerte im Schatten. Er rupfte einer Pflanze die Blätter aus, steckte sie in den Mund und spuckte sie in den Sand. Melina ließ ihn gewähren: Die Pflanze war nicht giftig.

»Ich weiß, was ich mir wünsche . . .«, hatte sie damals noch gesagt.

Rasch hatte ihr die alte Frau die Hand vor den Mund gelegt.

»Nein. Deinen Wunsch darfst du nur den

Taumännern anvertrauen. Sonst verliert der Zauber seine Kraft.«

Das lag jetzt ein Jahr zurück. Nun stand Melina im Morgengrauen vor dem Torbogen und wartete. Yannis, dicht neben ihr, starrte ins Leere.

»Yannis, wenn die Taumänner kommen, musst du dir auch etwas wünschen«, sagte Melina. Sie wusste, dass er jetzt nicht antworten würde. Seit dem Tod von Mikis hatte er nie wieder gesprochen.

»Körperlich ist er völlig gesund«, hatte der Arzt damals gesagt. »Aber der Tod seines Zwillingsbruders war für ihn ein Schock. Mit Medikamenten lässt sich das nicht heilen. Vielleicht wird er ja irgendwann wieder normal. Vielleicht verschlimmert sich aber auch sein Zustand. Dann wäre es wohl besser, ihn in eine Anstalt zu geben.«

»Mutter, kannst du ihn nicht heilen?«, hatte Evangelia weinend die Großmutter gefragt. »Zuerst habe ich Mikis verloren, muss ich jetzt auch noch um Yannis trauern?«

Die Großmutter hatte nicht versucht den kleinen Jungen in den Arm zu nehmen. Sie wusste, er ließ sich nur von Melina anfassen. Nur sie durfte ihn waschen, kämmen, an- und ausziehen. Sobald jemand anders ihn berührte, wehrte er sich heftig.
»Nein, Evangelia, ich kann ihm nicht helfen. Sein Geist ist zu weit entfernt, als dass ich ihn zurückholen könnte.«
»Aber warum nur? Warum?«, hatte die Mutter geschluchzt.
»Weil er sich schuldig fühlt, dass sein Bruder starb«, hatte die alte Frau ruhig geantwortet. »Er hat Gewissensbisse und hat sich selbst getötet. Vielleicht muss er wieder hinab in den dunklen Schoß, um neu geboren zu werden.«
Das waren seltsame Worte gewesen. Weder die Mutter noch Melina hatten sie verstanden. Doch Melina ahnte seitdem, dass nur sie ihrem Bruder helfen konnte.
Nun wartete sie im taufeuchten Gras auf die Drosoulites und dachte an damals.
Noch war die Sonne nicht aufgegangen, aber die Helligkeit nahm ständig zu. Der Himmel

färbte sich rot wie Wein, dann rosa wie das Innere einer Muschel. Eine Lerche glitt im Gleitflug über das hohe Gras. Um die Ruinen der Kirche schwebten einige Nebelschleier. Und plötzlich war es Melina, als veränderten sich diese Nebel auf seltsame Art. Sie glitten von den Türmen hinab und verdichteten sich.

Unwillkürlich hielt sie den Atem an. Die Nebel huschten und bewegten sich, formten sich zu dunklen Gestalten; und aus den Ruinen der Kirche löste sich eine Schattenprozession. Als ob im Helldunkel des ersten Morgenlichts schwarze, bewaffnete Gestalten aus der Kirche traten. Sie formten sich zu einer Art Kolonne, wanderten an den Mauern der Burg entlang, dem offenen Meer entgegen. Auch Yannis musste sie gesehen haben. Er stand wie erstarrt, seine Augen waren weit aufgerissen. Melina hörte das Geräusch ihres eigenen Atems.

Inzwischen hatte die Helligkeit noch weiter zugenommen. Die wandernden Schatten verblassten in dem Maß, wie das Licht sich

verstärkte. Melina wusste, sobald die Sonne sich zeigte, würden die Schatten verschwinden. Ihr Herz hämmerte. Schnell! Der Wunsch! Bevor es zu spät war.
»Ich möchte, dass Yannis wieder gesund wird«, flüsterte sie.
Die Schatten waren jetzt hellgrau, kaum noch sichtbar. Melina packte den Arm des kleinen Bruders.
»Yannis! Was willst du haben? Du musst es sagen! Jetzt, sonst sind sie weg!«
Sein Gesicht rötete sich, er atmete stoßweise. Tränen der Anstrengung glitzerten in seinen Augen. Aus seiner Kehle stieg ein rauer Ton, ein undeutliches Röcheln, gerade als die letzten Schatten emporwirbelten, sich in Spiralen und Wölkchen auflösten.
Schon färbten sich die Mauern der Burgruine golden. Das Licht überflutete den ganzen Horizont. Melina blinzelte, schloss geblendet die Lider.
Da spürte sie einen warmen Hauch. Und als sie wieder die Augen öffnete, hob sich die Sonne wie eine Feuerkugel aus dem Wasser

empor und vor ihr leuchteten Meer und Insel in klarem Licht.
Plötzlich sah Melina vor sich im Gras ein blaugrünes Funkeln. Sie bückte sich, hob den kleinen Gegenstand auf: Es war eine Glasmurmel. Es kam oft vor, dass Touristen die Ruinen besichtigten. Irgendein Kind musste das Spielzeug verloren haben. Die Kugel zauberte blaue Lichtreflexe auf Melinas Handfläche.
Genauso blitzte das Wasser auf ihrer Haut, wenn sie bei hellem Sonnenschein im Meer schwamm. Sie zeigte Yannis, was sie gefunden hatte. Er schaute aufmerksam, als Melina ihm die Murmel auf die ausgestreckte Hand legte. Ein paar Mal ließ er sie auf der Handfläche hin und her rollen. Dann schlossen sich seine Finger fest um die funkelnde Kugel.

2. Kapitel

Im Hof klirrte Mavros' Kette. Die Hähne krähten und die Hühner kratzten Löcher unter dem Schilfzaun. Petros, der Vater, saß vor dem großen Holztisch, trank süßen Milchkaffee und schnitt sich gerade eine Schnitte Brot ab, als Melina mit Yannis in der Küche auftauchte. Er runzelte die Brauen, die wie schwarze Striche über seinen scharfen Augen standen.

»Da sind sie ja!«, knurrte er.

Evangelia, die Mutter, hatte sich über den Herd gebeugt und schürte das Feuer. Sie wandte ihnen ihr ängstliches Gesicht zu.

»Ach!«, stöhnte sie. »Was soll ich nur mit diesen Kindern anfangen? Wo wart ihr denn?«

Melina schluckte befangen.

»Wir sind zu den Taumännern gegangen.«

Die Mutter biss sich auf die Lippen und der Vater zuckte geringschätzig die Achseln.

»Und, haben sich die Schatten gezeigt?«

»Wir haben welche gesehen«, antwortete Melina leise.

Ruckartig hob die Mutter den Kopf.

»Wie sahen sie aus?«

»Wie dunkler Rauch.«

Evangelia schlug hastig das Kreuzzeichen, während Petros das Brotmesser auf den Tisch warf.

»Dummes Zeug!«

Melina sagte nichts.

Die Mutter goss frische Ziegenmilch in eine Schale. Melina nahm sie ihr aus der Hand und führte Yannis an den Tisch. Behutsam schob sie einen Stuhl gegen seine Kniekehlen und hielt ihm die Schale an die Lippen. Yannis trank gierig.

»Er hat Durst«, sagte die Mutter in besorgtem Ton.
Melina strich ihm über die Stirn.
»Ich glaube, er hat Fieber.«
Yannis verschluckte sich, hustete und verschüttete Milch auf den Tisch.
»Er hat zu wenig geschlafen«, sagte Evangelia.
»Tsch!«, zischte Petros und schüttelte den Kopf. »Wir haben schon einen Idioten in der Familie und jetzt fängt auch noch die Tochter an Unsinn zu machen.«
Er stapfte in den Hof, um das Maultier zu satteln.
Nachdem Yannis vor einiger Zeit mit Streichhölzern gespielt und beinahe das Haus in Brand gesteckt hatte, nahmen die Eltern ihn mit, wenn sie im Olivenhain arbeiteten und Melina in die Schule musste. Die Mutter achtete stets darauf, dass er in Rufweite war. Meistens saß er im Schatten und spielte mit irgendeinem Gegenstand. Es kam auch vor, dass er auf einen Baum kletterte und an irgendeinem hohen Ast schaukelte. Melina

wusste, wie entsetzt die Eltern dann waren. Und es passierte dann wohl auch, dass der Vater ihn schlug. Aber das schien Yannis nichts auszumachen. Nur die laute, drohende Stimme des Vaters erschreckte ihn.

Melina ging ausgesprochen gern zur Schule. Für sie war das Lernen keine unangenehme Pflicht. Sie fand es spannend und es fiel ihr leicht. Im Rechnen war sie die Beste und Bücher waren ihr größtes Vergnügen. Melina liebte es über alles, sich selber Geschichten auszudenken und aufzuschreiben. Elia Mavrakis, der bis vor kurzem ihr Lehrer gewesen war, hatte sie einmal »mein kleiner Bücherwurm« genannt. Natürlich waren die Mitschüler da grinsend über sie hergefallen. Und Kosta, der größte Rabauke, hatte gemeint, dass sie bald eine Brille tragen würde. »Dann siehst du aus wie eine Eule und keiner küsst dich!«

Ganz plötzlich war Herr Mavrakis krank geworden. Er hustete, spuckte sich die Lunge aus dem Leib und wurde immer dünner. Dann konnte er nicht mehr unterrichten, die

Kinder hatten ein paar Tage schulfrei gehabt. Und schließlich übernahm Takis Katami, der Sohn des Kaffeehauswirtes, aushilfsweise die Klasse. Takis hatte in Heraklion die Hochschule besucht und ein paar Jahre in Deutschland gelebt. Er war ein schlanker, gut aussehender junger Mann, immer freundlich und gut gelaunt, der sein Amt nicht so genau nahm. Auf Disziplin legte er in seinem Unterricht keinen großen Wert. Die größeren Jungen räkelten sich, redeten ungeniert dazwischen und legten sogar die Füße auf die Tische, ohne dass Takis sich daran störte. Manchmal ließ er sie einen Aufsatz schreiben. Dabei las er dann die Zeitung und hob nicht einmal den Kopf, wenn Gegenstände durch die Luft flogen.
An diesem Morgen teilte Takis den Schülern mit, dass er sie heute zum letzten Mal unterrichten werde. Der neue Lehrer treffe am Nachmittag mit der Fähre ein und werde die Klasse ab Montag übernehmen. Die meisten Schüler ließen lautstark ihre Enttäuschung hören. Und Melina hörte, wie Kosta zu Alexis

sagte, sie würden dem neuen Lehrer schon ordentlich einheizen.
Takis Katami war offensichtlich froh, dass er es hinter sich hatte. Jetzt konnte er wieder seine Freunde im Kaffeehaus treffen und blonde Touristinnen mit seinen perfekten Deutschkenntnissen und seinem unwiderstehlichen Lächeln betören.

Am Nachmittag musste Melina bei Nikolaos Kaffee und Zucker einkaufen. Yannis saß im Hof und ließ die Murmel in ein kleines Loch rollen. Er hob nicht einmal den Kopf, als Melina mit dem Einkaufsnetz an ihm vorbeiging in Richtung Dorf.
Man hatte es an einem Berghang erbaut. Die halbmondförmigen Hafenanlagen waren vom Weg aus gut zu überblicken. Und auch der Strand im Westen, der jetzt in der prallen Nachmittagssonne lag. Touristen räkelten sich auf Badetüchern und ließen sich bräunen. Der Wind blies ziemlich stark. Das Meer war kobaltblau mit kleinen weißen Schaumkronen. Im Dorf gab es zwei Pensio-

nen und einige Bewohner vermieteten Zimmer. Man sprach davon, dass ein Hotel gebaut werden sollte. Am Hafen befanden sich einige Cafés, eine Eisdiele und zwei Kioske. Hinter dem Gebäude der Küstenwache reckte sich ein verrosteter Kran. Vor der Markthalle waren Tintenfische zum Trocknen aufgehängt. Einige Boote schaukelten auf dem ölverschmutzten Wasser, Fahrräder klingelten. Ein Bus kam die Straße hinauf und wirbelte Staub auf. Es roch nach Auspuffgasen und Teer und aus einer Bar ertönte Rockmusik.

Vor dem Hafenbecken hatte sich eine Menschenmenge angesammelt und wartete inmitten herumstehender Koffer. Heute kam die Fähre von Piräus, dem Hafen von Athen. Sie legte nur einmal in der Woche an. Deshalb dieser Andrang. Unter dem glitzernden Himmel näherte sich das Schiff. Melina sah, dass Zeferis, der Bürgermeister, und der Gemeindeschreiber Stephaniki erschienen waren, um den neuen Lehrer zu begrüßen. Es wäre unhöflich gewesen, wenn die Dorf-

oberen sich heute nicht auf die Socken gemacht hätten.
Das Schiff rauschte heran und ließ einen mächtigen Pfeifton hören, bevor es wendete und rückwärts in den Hafen einfuhr. Das Wasser schwappte an der Mole hoch, die Ankerketten klirrten und Schwärme von Möwen kreisten am Himmel. Man brachte das Schiff mit Eisenhaken in die richtige Position und warf die Fangleinen aus. Bald stapften die ersten Passagiere, mit Koffern und Taschen beladen, an Land. Danach setzten sich Autos und Motorräder in Bewegung.
Melina erblickte eine blonde Frau in Jeans und Windjacke, die ein leichtes Motorrad an Land schob, es an einen Laternenmast lehnte und sich dann suchend umsah. Ein Matrose schleppte einen großen Koffer hinter ihr her. Er stellte ihn ab, schob seine Mütze zurück und wischte sich den Schweiß von der Stirn. Zeferis und Stephaniki gingen auf die Frau zu, begrüßten sie und wechselten einige Worte. Beide Männer zeigten in Richtung des Dorfes. Sie machten sich auf den Weg. Die

Frau schob selbst das Motorrad und der Matrose trug den Koffer.
Melina sah ihnen aufgeregt nach. Der neue Lehrer war eine Lehrerin! Und nicht einmal eine Kreterin. Melina hatte gute Augen und deshalb gemerkt, dass das Motorrad eine Athener Nummer hatte.

Melina musste ihre Aufregung mit jemandem teilen. Sie lief rasch zu Nikolaos, kaufte Kaffee und Zucker und fragte, ob Anna da sei.
»Sie ist im Garten«, sagte Nikolaos.
Anna, seine Tochter, nahm Wäsche ab, die auf der Leine trocknete. Über ihren Jeans trug sie eine Schürze ihrer Mutter. Melina platzte sofort mit der Neuigkeit heraus. Anna war beeindruckt. Sie war vierzehn und hatte Mandelaugen und dunkel glänzendes Haar.
»Eine Lehrerin! Aus Athen! Wie sieht sie denn aus?«
»Sie ist blond.«
»Blond!«, seufzte Anna sehnsuchtsvoll. »Wenn ich doch auch blond wäre. Schwarzes Haar hat jede, das ist einfach grässlich.«

Sie zog verdrießlich an ihrem dichten Schopf. »Die Jungen finden blonde Mädchen viel schöner.«
»Bist du sicher?«, fragte Melina.
»Ach, du!« Anna schnalzte geringschätzig mit der Zunge. »Du hast ja von diesen Dingen keine Ahnung.«
Anna galt als das schönste Mädchen in der Klasse. Sie lachte gern und plauderte viel. Noch ein Jahr, und sie würde die Schule ohne Bedauern verlassen, um ihrem Vater eine Zeit lang im Geschäft zu helfen. Und mit zwanzig oder schon früher würde sie heiraten.
»Ich will nicht gleich heiraten«, sagte Melina. »Ich will lernen. Einen Beruf haben.«
»Oh, nein«, rief Anna da aus. »Ich werde nicht so dumm sein und alles so ernst nehmen wie du. Ach komm, du wirst schon merken, dass es viel lustiger ist, einen Mann und Kinder zu haben.«
Melina sagte nichts. Sie wusste, dass die meisten Mädchen so dachten. Sie jedoch empfand alles anders. Aber sie hatte gelernt

ihre Gedanken für sich zu behalten. Und manchmal brannte es deswegen wie Feuer in ihrer Brust. Dann sah sie nur einen einzigen Ausweg: Sie lief zum Strand hinunter, zog ihre Kleider aus und tauchte ins Wasser. Früher war sie in ihrer Unterwäsche geschwommen; aber im vergangenen Jahr hatte ihr Anna ihren alten Badeanzug gegeben. Anna hatte sich in Réthimnon einen neuen kaufen dürfen, auf den sie mächtig stolz war. In Réthimnon gab es eine Menge Warenhäuser und Boutiquen. Annas neuer Badeanzug war gelb mit vorgeformten Brustschalen. Sie sah toll damit aus. Anna genoss es, wenn die Jungen sie anstarrten. Doch Markos, ihr älterer Bruder, war immer dabei. Ohne ihn durfte sie weder in die Eisdiele noch ins Kino und am Strand lag er immer auf dem Badetuch neben ihr.

Der blaue Badeanzug, den Melina von Anna bekommen hatte, sah schon ziemlich verblichen aus.

Früher hatten Melinas Eltern nichts dagegen gehabt, aber seitdem sie im vorigen Jahr ihre

Periode bekommen hatte, sollte sie nicht mehr so oft an den Strand gehen. Melina wusste, dass Mädchen auf Kreta vieles nicht durften. Aber eines stand für sie fest: Auf das Schwimmen würde sie niemals verzichten. Sie ging heimlich, gleich nach der Schule, wenn die Eltern noch im Olivenhain arbeiteten. In der Bucht traf sie kaum jemanden an, höchstens einige Touristen, von denen sie nie beachtet wurde.

Melina half Anna die Wäsche im Plastikkorb zu verstauen. Sie sprachen weiter über die neue Lehrerin.

»Sie wird es nicht leicht haben«, meinte Anna. »Die Jungen sind frech.«

Kosta, Alexis und einige andere waren schon fast so groß wie Männer und wussten nicht, wohin mit ihren Kräften. Melina ging ihnen aus dem Weg. Sie wusste, dass man sie nicht für ein hübsches Mädchen hielt, dünn und wortkarg wie sie war. Sie hielt den Kopf immer ein wenig geneigt, sodass ihre Schultern krumm wirkten. Man konnte glauben, sie sei scheu und zurückhaltend.

Das hatten einige auch über die Großmutter Domitia gesagt.
»Schon mit vier Jahren habe ich zu meinen Eltern gesagt: ›Ich will nicht gehorsam sein!‹«, hatte Domitia einmal erzählt. »Damals haben alle gelacht, weil ich ein sanftes Kind war. Trotzdem habe ich immer nur das getan, was ich wollte. Ich habe das erreicht, indem ich schwieg. Im Schweigen wohnt eine große Macht, weißt du das? Aber bei deiner Mutter habe ich versagt. Sie wird niemals frei sein. Sie ist nicht stark genug.«
»Und ich?«, hatte Melina da gefragt. »Werde ich frei sein?«
Domitia hatte sie mit ihren klaren Augen angesehen.
»Als du einmal in der Wiege schliefst, kam eine Biene und summte um dein Gesicht. Ich habe sie beobachtet und ruhig abgewartet, was sie wohl tun würde. Sie hat sich auf deine Lippen gesetzt. Ich habe sie nicht verscheucht und du hast ruhig weitergeschlafen. Nach einer Weile flog sie davon. Da wusste ich, dass die Biene dich geküsst hat.«

»Was bedeutet das, Großmutter?«
»Dass du ein besonderes Kind bist. Du bist stärker als andere.«
»Stärker als die Jungen in meiner Klasse?«
Domitia hatte leise gelacht. »Wie kommst du auf den Gedanken, dass sie stark sein könnten?«
Melina half Anna den Wäschekorb ins Haus zu tragen. Dann verabschiedete sie sich.
Als sie durch die Hauptstraße ging, sah sie das Motorrad mit dem Athener Nummernschild vor der Pension Leonardis stehen. Anscheinend hatte die Lehrerin dort ein Zimmer bezogen.
Die Familie Leonardis hatte das Haus umbauen und neu einrichten lassen. In allen Gästezimmern gab es jetzt Duschen und moderne Sitztoiletten. Melina beeilte sich. Die Mutter wartete.

Zu Hause roch es nach Essen. Auf dem Herd kochte ein Gericht aus Reis, Tomaten und Zucchini. Fleisch war teuer und kam nur an Festtagen auf den Tisch. Yannis saß auf der

Bank und ließ die Murmel auf seiner Hand hin und her rollen.
»Wo warst du so lange?«, fragte die Mutter vorwurfsvoll.
»Ich habe die neue Lehrerin gesehen«, sagte Melina. »Zeferis und Stephaniki haben sie an der Fähre abgeholt. Sie wohnt bei Leonardis.«
»Eine Lehrerin? Wie seltsam!«
Die Mutter schüttelte befremdet den Kopf. Alles, was neu und ungewohnt war, beunruhigte sie. Melina wusste, dass sie kaum lesen und schreiben konnte. Sie war zwar nicht dumm, ging unbequemen Gedanken jedoch lieber aus dem Weg.
Als Mavros ein dumpfes Bellen hören ließ, schaute Melina aus dem Fenster. Die Sonne glühte kupferfarben. Der Vater ritt den Weg hinauf. Er war sicher völlig verschwitzt. Aber waschen konnte er sich jetzt nicht. Olivenbäume brauchten viel Wasser und morgen war der Tag der wöchentlichen Bewässerung. Die Mutter hatte einen Kanister mit Trinkwasser gefüllt und die Pumpe bereits abgestellt.

Melina lief nach draußen und nahm dem Maulesel das Sattelzeug ab. Auf seinem nassen Fell klebten Fliegen. Er seufzte rau, rieb seine schleimigen Nüstern an Melinas Arm. Sie gab ihm ausreichend Futter. Auch das Tier musste sich mit einer geringen Wassermenge zufrieden geben.
Als sie wieder ins Haus kam, saß Petros mit finsterem Gesicht am Tisch. Seine Füße waren nackt, Schweiß tropfte ihm über die Wangen, durch den Stoppelbart. Melina sah, wie er die pechschwarzen Augen auf Yannis richtete, der immer noch mit seiner Murmel spielte.
Sie wusste, was der Vater dachte. Es war fast unheimlich, dass sie häufig spürte, was in anderen vorging. Die Arbeit im Olivenhain war hart. Wenn Petros müde war, verwünschte er sein Schicksal. Einen großen, starken Sohn müsste er haben, der ihm half. Vor acht Jahren hatte die Geburt beider Söhne Evangelia fast das Leben gekostet. Zwei Tage hatte sie sich vor Schmerzen gekrümmt, während Domitia ihr beistand. Und dann

waren die Kinder auf die Welt gekommen: zwei gesunde, kräftige Jungs. Und als Domitia sagte, dass Evangelia niemals mehr Kinder bekommen würde, hatte es ihm kaum etwas ausgemacht. Eine Tochter und zwei Söhne, was wollte er mehr? Und dann geschah der Unfall und jetzt waren nur noch Melina und Yannis da. Yannis, dessen Verstand erloschen war wie eine flackernde Kerze im Wind.

Melina stellte einen Korb Weißbrot und ein großes Stück Käse auf den Tisch.

»Wir kriegen eine neue Lehrerin.«

»So?«, knurrte der Vater.

»Sie kommt aus Athen. Zeferis und Stephaniki haben sie an der Fähre abgeholt.«

»Sie wohnt bei Leonardis«, ergänzte Evangelia. »Anscheinend wird sie ganz gut verdienen.«

Petros kräftige Hände brachen das Brot.

»Eine Frau also. Dummes Zeug! Die Jungen werden ihr nicht gehorchen.«

Melina sagte nichts mehr. Die neue Lehrerin tat ihr jetzt schon Leid. Sie sah so jung und hübsch aus. Und blond war sie wie die Fotomodelle in den Frauenzeitschriften, die Melina sich manchmal am Kiosk ansah. Der Vater hatte Recht, sie würde es nicht leicht haben.

Später, in ihrem Zimmer, blickte sie in den kleinen Spiegel an der Wand. Im bleichen Licht der Neonröhre sah sie ein schmales Gesicht und dichtes braunes Haar, das vom Salzwind verkrustet war. Neben sich hörte sie Yannis regelmäßig atmen. Er lag ganz still da, wie leblos. Nach einer Weile löschte Melina das Licht. Dann streckte sie sich in ihrem Bett aus. Bevor sie einschlummerte, sah sie das Gesicht der Lehrerin ganz deutlich vor sich.

3. Kapitel

Die Ankunft der Lehrerin hatte sich schnell herumgesprochen. Bald wusste jeder, dass sie Stella Vlachos hieß. Es war das erste Mal, dass eine Frau die größeren Schüler unterrichten sollte.

Am folgenden Montag, als Takis mit ihr den Klassenraum betrat, richteten sich achtzehn neugierige Augenpaare auf sie. Stella Vlachos trug Jeans, eine weiße Hemdbluse und einen Leinenblazer.

Melina fiel sofort ihr Gesicht auf mit dem geraden, fast männlichen Kinn und dem Mund, der Entschlossenheit verriet. Ihre grü-

nen Augen waren etwas schräg gestellt. Und sie hatte halblange honigblonde Haare.
In seiner lockeren Art stellte Takis die neue Lehrerin vor. »Frau Vlachos wird euch in diesem Schuljahr unterrichten. Ich hoffe, dass ihr euch anständig benehmt, sonst muss ich mich vor ihr schämen.«
Die Mädchen kicherten, die Jungen rutschten grinsend hin und her, während Stella Vlachos ihre Blicke über die Schüler wandern ließ. Takis sprach noch ein paar Worte. Melina hörte nicht zu. Dann ging er. Draußen schlug eine Wagentür zu, der Motor sprang an. Stella Vlachos blieb mit der Klasse allein. Sie stellte ihre Handtasche auf das Lehrerpult und zog ihren Blazer aus. Natürlich guckten jetzt alle Jungs auf ihre Baumwollbluse. Aber die Lehrerin verzog keine Miene.
»Zunächst«, begann sie gelassen, »sollten wir miteinander bekannt werden. Ich würde gerne eure Namen wissen. Die vordere Reihe zuerst.«
Was für eine erstaunliche Stimme sie hat!, dachte Melina. So dunkel und doch so klar.

Ein Schüler nach dem anderen stand auf, nannte seinen Namen. Stella Vlachos hatte das Klassenbuch in der Hand, bei jedem Schüler machte sie ein kleines Zeichen. Die Jungen wechselten Blicke, grinsten hämisch. Das Gesicht der Lehrerin blieb ruhig. Sie musterte die Schüler, vor allem Kosta mit seinem scheinheiligen Mondgesicht und seinen tückisch glitzernden Augen. Neben ihm saß der dünne, schmalbrüstige Alexis, sein untertäniger Schatten. Beide nannten ihre Namen. Kosta mit großspuriger Herablassung; Alexis, der mitten im Stimmbruch war, als krächzendes Echo. Hinter ihnen zog sich Stavros widerwillig hoch. Er hatte einen Bürstenschnitt, zusammengewachsene Augenbrauen und die Gewohnheit, sich beim Sprechen ständig gegen die Brust zu klopfen. Anna nannte ihren Namen in singendem Tonfall und lächelte dabei kokett zu den Jungs hinüber.
Dann war Melina dran. Stella Vlachos nickte ihr freundlich zu und Melina spürte, wie sie errötete.

Als alle Schüler sich vorgestellt hatten, sagte die Lehrerin: »Nun, dann können wir ja beginnen. Wie ihr wisst, komme ich aus Athen. Kreta kenne ich bisher nur aus dem Urlaub. Aber ihr könnt mir sicher mehr über eure schöne Insel erzählen. Fangen wir also mit der Geografie an.«
Sie zog die große Landkarte herunter, und zwar so geschickt, dass sie nicht, wie bei Takis, mit lautem Klatsch wieder hochrutschte. Sie ließ sich von den Schülern das Dorf zeigen und die bedeutendsten Berge. Und obwohl sie sehr ruhig und freundlich wirkte, spürte Melina deutlich, wie die anfängliche Zurückhaltung der Jungen allmählich verschwand. Sie reckten die Köpfe und blinzelten sich ironisch zu, während die Lehrerin durch die Reihen ging.
Dann musste Stavros an die Tafel. Er sollte die Namen der Anlegehäfen der Fähre anschreiben. Stella Vlachos stand ruhig neben ihm und wartete, während er nachdachte und mit seinen plumpen Fingern ungeschickt die Buchstaben formte. Als sie ihm den Rücken

zudrehte und nach dem Schwamm griff, setzte er ein anzügliches Grinsen auf und deutete mit einer Hand eine Rundung an, die wohl auf die Form ihres Gesäßes oder ihres Busens aufmerksam machen sollte.
Ein Kichern ging durch die Klasse. Stella Vlachos drehte sich um; nicht übermäßig schnell, die Bewegung wirkte völlig natürlich. Doch in ihren grünen Augen zuckte ein Blitz auf.
»Stavros, wie oft bist du mit dieser Fähre gefahren?«
Er klopfte sich gegen die Brust.
»Schon dreimal.«
»Mein Name ist Frau Vlachos.«
»Dreimal, Frau Vlachos.«
»Gut. Dann solltest du eigentlich wissen, wie man das Wort ›Fähre‹ schreibt.«
Ein paar Sekunden vergingen. Stavros starrte angestrengt auf die Tafel.
»Nun?«, fragte die Lehrerin.
Stavros sah plötzlich aus, als müsse er dringend aufs Klo. Einige Schüler lachten.
Stella Vlachos blickte spöttisch über die

Klasse hinweg. »Wer kann ihm behilflich sein?«
Melina meldete sich. Die Lehrerin nickte ihr freundlich zu und Melina gab die richtige Antwort.
Danach verlief der Unterricht ruhig.

Nach der Schule ging Melina allein die Straße hinab und schlug den Weg ein, der über die Hügel zum Meer führte. Sie ging an Kalksteinfelsen, an Ginster- und Oleanderbüschen vorbei und erreichte schließlich die Bucht. Hier hatten im Laufe der Jahre der Südwind und die Wellen am Strand einen Tümpel entstehen lassen, der so tief war, dass er an manchen Stellen smaragdgrün schillerte.
Kein Mensch war weit und breit zu sehen. Melina zog rasch ihr Kleid über den Kopf, behielt nur ihr Hemd und den Baumwollschlüpfer an. Ihre Unterwäsche würde sie später ausziehen, auswringen und in die Schultasche stopfen, damit sie zu Hause auf den warmen Dachziegeln trocknen konnte, ohne dass die Mutter es merkte.

Durch den Sand, der unter ihren Füßen nachgab, watete Melina in den Tümpel hinein. Sie liebte die erste Berührung mit dem Wasser, den Schauer, der dann durch ihren Körper lief. Als das Wasser ihre Taille erreichte, warf sie sich hinein und schwamm mit kräftigen Stößen aus der Bucht ins Meer hinaus.

Hier leuchtete das Wasser dunkelblau. Die Wellen klatschten an die Felsen, Gischt sprühte auf. Melina legte sich auf den Rücken, ließ sich tragen. Sie fühlte sich eins mit dem kühlen Meer, dem Himmel. Diese Zeit hier gehörte ihr allein. Hier fühlte sie sich stark, furchtlos und voller Freude.

Während sie so entspannt auf dem Meer lag, spürte sie auf einmal um sich herum eine Bewegung des Wassers. Es war, als ob eine starke Welle aus der Tiefe emporwuchs. Melina hatte keine Zeit irgendeinen Schrecken zu empfinden. Schon stieß mit kräftigem Rauschen eine große, blau schillernde Erscheinung an die Oberfläche. Dicht vor sich erblickte Melina einen gewölbten Kopf, der ihr riesig vorkam, und ein weit geöffnetes, schnabelähnliches Maul. Sie hörte ein lautes Prusten und einen seltsam klingenden Pfeifton. Ein Delfin!

Melina hatte schon ein paar Mal Delfine gesehen, wenn sie vor der Küste durch die Wellentäler hüpften. Sie wusste, dass sie sich vor ihnen nicht zu fürchten brauchte.

»Wenn ein Mensch stirbt«, hatte Domitia gesagt, als Mikis ums Leben kam, »dann tragen die Delfine seine Seele zu den glücklichen Inseln. Es heißt, dass der Gott Apoll sich in einen Delfin verwandelt hat. Und wird nicht sogar Christus manchmal als Delfin dargestellt? Deswegen ehren unsere Fischer die Delfine und lassen sie frei, wenn sie sich in ihren Netzen verfangen.«

Diese Worte der Großmutter tauchten jetzt wieder in Melinas Gedächtnis auf, während sie auf der Stelle schwamm und den Delfin betrachtete. Der bewegte seinen Kopf hin und her. Und mit einem kräftigen »Schnuff!« sprudelte ein Strahl aus seinem Blasloch. Es sah aus, als ob er sich vor Lachen schüttelte.

Dann machte er eine kurze, geschmeidige Drehung und ließ sich absinken, wobei er im Kreis um Melina schwamm.
Melina holte tief Luft, warf sich kopfüber nach unten und schaute in die Tiefe. Das durchsichtige Wasser war vom Sonnenlicht durchflutet. Unzählige Luftbläschen funkelten um den blau schimmernden Körper, der sich ruhig, stark und geschmeidig über dem Meeresboden drehte.
Eine heftige Sehnsucht erfasste Melina. Sie empfand den unbändigen Wunsch, diese Geschmeidigkeit und Freiheit am eigenen Körper zu erleben. Sie wollte alles, was sie beschwerte, abschütteln und zurücklassen. Doch schon fühlte sie einen heftigen Druck auf ihrer Brust. Sie schwamm empor und schnappte gierig nach Luft; im selben Augenblick, in dem der Delfin wieder neben ihr auftauchte. Er reckte sich halb aus dem Wasser und schaute Melina mit seinen sanften Augen an. Auf einmal ließ er eine Art zufriedenes Quaken hören. Seine Flossen schlugen auf das Wasser, er machte eine

blitzartige Drehung und sauste wie ein blauer Torpedo ein paar Mal um Melina herum, bevor er plötzlich wendete, abtauchte und schattenhaft davonglitt. Melina sah nur noch einen dunklen Schimmer, der sich mit großer Geschwindigkeit entfernte. Dann verschwand er hinter den Klippen, dort, wo die offene See begann.

Vor lauter Aufregung vergaß Melina den Mund zuzumachen. Eine kleine Welle schwappte ihr ins Gesicht. Sie schluckte Wasser, hustete und spuckte. Das Meer kam ihr plötzlich kalt vor. Eben noch hatte sie jedes Zeitgefühl verloren. Nun spürte sie, wie ihre Poren sich fröstelnd zusammenzogen.

Sie schwamm an Land und watete durch den Tümpel, dem Ufer entgegen. Unterhemd und Schlüpfer klebten an ihrem Körper. Hastig streifte sie ihr Kleid über und zog dann ihre nasse Unterwäsche aus.

Gerade in diesem Augenblick hörte sie ein Geräusch. Als sie sich umdrehte, sah sie Kosta hinter einem Felsen. Er musste sie schon eine Weile beobachtet haben. Er duckte sich grinsend. Melina schoss die Hitze ins Gesicht.

»Du, verschwinde!«, rief sie. »Hau ab!« Sie bückte sich, hob einen Stein auf und schleuderte ihn auf Kosta. Der lachte schallend und zog den Kopf ein. Der Stein sauste an ihm vorbei.

Melina nahm ihre Schultasche und rannte davon wie ein gehetztes Tier, während Kostas hämisches Lachen hinter ihr herschallte.

4. Kapitel

Melina wusste, dass der Machtkampf zwischen Stella Vlachos und den Jungs ihrer Klasse noch nicht entschieden war. Der Zwischenfall mit Stavros war nur der Auftakt gewesen.
Im Unterricht räkelten sich Kosta, Alexis und Stavros gelangweilt auf ihren Bänken. Sie reagierten nur herablassend und warfen der Lehrerin anzügliche Blicke zu. Und die schien es kaum zur Kenntnis zu nehmen.
»Schlagt eure Lesebücher auf«, befahl sie an jenem Morgen; es war der Morgen nach Melinas Begegnung mit dem Delfin. »Seite 48,

bitte. Hier finden wir einen Text von Pantelis Prevelakis. Wer kennt das Geburtsjahr dieses kretischen Dichters? Du, Melina?«

Melina erhob sich. »Prevelakis wurde 1909 in Réthimnon geboren.«

Stella Vlachos zeigte wieder ihr helles, flüchtiges Lächeln.

»Danke, Melina. Das hier ist ein Auszug aus seinem Buch ›Chronik einer Stadt‹. Kosta soll vorlesen.«

Der große Junge zuckte mit dem Kopf, als habe ihn etwas gestochen.

»Ich bin kein Papagei!«

Die Schüler hielten den Atem an. Dass Kosta so weit gehen würde, hatten wohl die wenigsten geglaubt. Alexis lachte kurz und hysterisch auf. Stella Vlachos beachtete ihn nicht. Ihre Augen waren auf Kosta gerichtet.

»Hat euer Lehrer damals nie mit euch die klassischen Texte durchgenommen?«

Kosta rutschte nervös hin und her. Auf seiner Stirn hatten sich kleine Schweißtropfen gebildet.

»Er hat es anders gemacht«, murmelte er.

»Und ich mache es auf meine Art.«
Unvermittelt klappte sie das Lesebuch zu. Der Knall ließ alle zusammenfahren. Die Stimme der Lehrerin klang plötzlich nicht mehr so freundlich.
»Ich habe immer geglaubt, unsere Dichter hätten für alle Menschen geschrieben. Aber manche verstopfen lieber ihre Ohren mit Staub.«
Sie nahm aus ihrer Tasche ein Bündel Hefte, suchte einen Moment und schlug dann eins auf.
»Takis Katami kam nicht mehr dazu, eure letzten Aufsätze zu korrigieren. Ich habe ihm die Aufgabe abgenommen. Offenbar war das Thema für einige von euch zu anspruchsvoll.«
Sie begann einen Aufsatz vorzulesen. Sofort wusste jeder, wer ihn geschrieben hatte. Die Art, wie sie die unbeholfenen Sätze zergliederte, hörte sich reichlich komisch an. Einige lachten schadenfroh, andere reckten die Köpfe, um Kosta höhnisch anzustarren, der sich mit rotem Gesicht kaum zu rühren wagte. Doch als Melina einmal kurz zu ihm

hinüberblickte, sah sie, wie sich seine Augen zu schmalen, bösen Schlitzen zusammenzogen.

Natürlich sprach sich der Zwischenfall herum. Kostas Vater, der im Dorf die größte Mandel- und Olivenplantage besaß, wollte keinen Taugenichts als Sohn und drohte ihm mit einer Tracht Prügel, falls er in der Schule versagte.

Melina aber war begeistert. Sie bewunderte ihre Lehrerin. So ein Mensch will ich auch sein!, dachte sie, als sie an diesem Tag nach dem Unterricht nach Hause ging.

Vor der Tür saß Yannis und spielte mit seiner Murmel. Das tat er nun schon seit Tagen. Als Melina sich neben ihm auf die Bank setzte, schien er sie, wie meistens, nicht zu bemerken. Er hielt die blaugrüne Kugel ins Licht, bis sie wie eine winzige Feuergarbe funkelte.

Und dann machte er auf einmal etwas sehr Merkwürdiges: Er berührte die Kugel mit der Fingerspitze und tippte sich dann auf die

Brust. Er tat dies mehrmals hintereinander, als ob er Melina etwas sagen wollte.
Sie starrte ihn aufgeregt an, versuchte zu verstehen.
»Die Murmel, ja! Was willst du damit machen? Essen? Das geht doch nicht! Das tut ganz schrecklich weh im Bauch.«
Er kniff die Augen zu, schüttelte heftig den Kopf. Melinas Herz klopfte stürmisch. Es kam ganz selten vor, dass er versuchte ihr etwas begreiflich zu machen.
Sie beugte sich tiefer zu ihm herunter und er kehrte die Reihenfolge um. Feierlich zeigte er zuerst auf sich, dann auf die Murmel. Melina fuhr fort ihn anzustarren; bis sie auf einmal eine Idee hatte.
»Du willst in die Murmel kriechen?«
Und Yannis lächelte. Er freute sich, dass sie ihn verstanden hatte. Er hielt die Murmel ganz dicht vor sein Gesicht und reichte sie dann Melina.
Ihr Atem stockte. Es war das erste Mal, dass er die Murmel aus der Hand gab. Sie war noch warm und klebrig von seiner Haut.

Vorsichtig ahmte Melina seine Geste nach. Sie wollte jetzt nichts falsch machen. Vor ihren Augen schillerte das Meer, grün und blau und durchsichtig, einfach unvergleichlich. Und auf einmal war ihr, als ob durch die Kugel ein silberner Schatten glitt.

Aber natürlich war es nur ein Trugbild, das nach einem Wimpernzucken schon wieder verschwunden war.

5. Kapitel

Einige Tage später war Sonntag.
Nach dem Kirchgang und dem Mittagessen traf der Vater seine Freunde im Kaffeehaus. Die Mutter saß im schattigen Garten und bestickte mit schimmerndem schwarzen Garn einen dunkelfarbenen Schal. Auch in ihren Mußestunden kam es selten vor, dass sie nicht mit irgendeiner Näharbeit beschäftigt war. Yannis saß am Tisch; er gähnte verschlafen. Bald legte er den Kopf auf die Arme und schob seinen Daumen in den Mund.
»Er sollte sich eine Weile hinlegen«, meinte die Mutter. »Bei dieser Hitze!«

Melina nahm ihn in ihre Arme und trug ihn die Stufen hinauf.
Normalerweise wäre er zu schwer für sie gewesen. Aber Yannis war sehr klein für sein Alter. So als ob sein Körper nicht mehr wachsen wollte. Melina legte ihn auf sein Bett und zog ihm die Turnschuhe von den Füßen. Yannis schlief bereits. Die Murmel hielt er fest in der Hand.
Melina musste plötzlich an den Delfin denken. Ob er wohl zurückkommen würde? Nein, natürlich nicht. Solche Wunder geschahen nur selten und sie musste glücklich sein, dass sie es erlebt hatte.
Andererseits waren in der letzten Zeit so viele seltsame Dinge geschehen, seitdem sie die Taumänner im Morgengrauen gesehen hatte. Melina hatte das eigentümliche Gefühl, dass etwas in Bewegung gekommen war. Nur was? Irgendwie hing es mit Stella Vlachos zusammen. Und auch mit dem Delfin; und vielleicht auch mit der Murmel. Melina glaubte, dass hinter all diesen Dingen ein verborgener Sinn steckte. Aber viel-

leicht bilde ich mir das auch nur ein?, dachte sie. Sie zog ihren Badeanzug an und darüber die Jeans und ein T-Shirt.
»Bleib nicht zu lange weg«, sagte die Mutter mit einem besorgten Unterton in der Stimme. »Und pass auf, dass dein Vater dich nicht sieht. Du weißt doch, er will nicht, dass du allein an den Strand gehst.«
Schon frühzeitig war Melina beigebracht worden, dass Mädchen zurückzustehen hatten. Die Jungen durften ungehindert an den Strand gehen, mit ihren Freunden schwimmen, spielen und toben. Für Mädchen gab es jede Menge Vorschriften. Melina fiel es immer schwerer, sich diesen Einschränkungen zu fügen. Sie hörte sich die Ermahnungen stillschweigend an und tat dann doch, was sie wollte; genauso wie damals die Großmutter.

Melina ging den Weg zum Strand hinunter. Die Sonne brannte. Grillen zirpten im Gras. Der schwere Duft von Kamille und Salbei entfaltete sich in der Wärme. Selbst das Sonnenlicht schien mit Duft getränkt. Das Meer war von Glanzlichtern überzogen.

Wenn Melina stehen blieb und den Kopf schräg legte, kam ihr das Wasser wie eine Wand vor, die sich blau und Schwindel erregend in den Himmel hob. Und sie dachte daran, wie großartig die Natur war und wie unbedeutend dagegen die Menschen mit ihren Vorschriften und Traditionen. Wenn sie auf das Meer hinaussah, fielen alle Sorgen von ihr ab. Friede und Ausgeglichenheit zogen in ihr Herz ein.

Die Hitze brütete über der Bucht. Nichts regte sich hier. Sogar das Wasser war ruhig. Vergeblich hielt Melina Ausschau nach dem Delfin. Er war fort, weit fort. Sie streifte ein Gummiband über ihren Haarschopf, zog T-Shirt und Jeans aus und watete ins Wasser.

Das Meer war kühl und durchsichtig. Winzige Fische flitzten wie Silbernadeln nach allen Seiten davon. Als Melina den Kopf hob, sah sie deutlich die heiße Luft über dem Sand flimmern. Dann entfernte sie sich vom Ufer. Sie holte tief Luft, tauchte und schwamm mit

offenen Augen dicht unter der Wasseroberfläche. Unter ihr stiegen die Sandwellen wie ein Gebirge empor. Felszacken waren mit rötlichen Algen bewachsen, an denen Muscheln klebten. Sie tauchte wieder hoch, um Luft zu schnappen.
Da entdeckte sie eine dunkle Linie, die sich rasch näherte. Und fast im selben Augenblick tauchte neben ihr der dicke, glänzende Kopf des Delfins aus dem Wasser. Das Tier schüttelte seine Flossen, während es erneut das seltsame Schnattern und Quaken ausstieß, das wie kindliches Gelächter aus seinem Maul kam. Ja, es war derselbe Delfin und er hatte sie wieder erkannt! Wahrscheinlich hielt er sich seit ein paar Tagen in der Bucht auf. Ob er sich wohl bei allen Menschen so zutraulich zeigte?
»Wollen wir spielen?«, rief Melina.
Der Delfin schwenkte übermütig den großen Kopf. Eine Fontäne sprühte aus seinem Blasloch. Auf einmal hörte Melina hinter sich ein heftiges Rauschen; ein kalter Schatten strich über ihren Rücken. Sie wandte sich um,

gerade, als ein zweiter Delfin unter Wasser dicht an ihr vorbeiglitt.

Und plötzlich, wie aus dem Nichts, schoss ein dritter, kleinerer aus dem Wasser. Der blau schimmernde Körper schwang sich über Melina hinweg, die unwillkürlich den Kopf einzog. Schon warf er sich herum und tauchte fast senkrecht in das grünblaue Wasser.

Von gurgelnden Luftblasen umgeben, wirbelten und kreisten die Delfine, als wollten sie Melina in ihren Reigen hineinziehen. Sie empfand nicht die leiseste Furcht, nur eine kindliche Freude am Spiel, eine bisher nie gekannte Leichtigkeit und Unbeschwertheit.

Fünf oder sechs mussten es sein, größere und kleinere. Mit jeder Bewegung, jeder Drehung der elastischen Körper nahm Melina ihre Eleganz und Kraft noch deutlicher wahr. Es waren Tümmler, eine besonders große und menschenfreundliche Delfinart.

Melina betrachtete ihre gewölbte Stirn, die klugen Augen, die harten Flossen, die sie vorsichtig einzogen, um ihr nicht wehzutun. Wenn sie dicht neben Melina herglitten, fühl-

te sie mächtige Schwingungen, die ihren Körper in ein sanftes Schaukeln versetzten. Es war, als ob die Tümmler Melinas Freude teilten, als ob sie diese Begegnung ebenso genossen wie das Mädchen selbst.
Irgendwann gelang es Melina, einen dieser kühlen Tierleiber zu fassen. Sie legte den Arm um ihn und spürte, wie sie gezogen wurde; nicht schnell, sondern ganz sanft. Der Delfin merkte wohl, dass er dem Mädchen keine allzu große Geschwindigkeit zumuten konnte. Mehr noch: Er schwamm dicht an der Oberfläche, damit Melina den Kopf über Wasser halten konnte.
Wie lange dauerte dieses wunderbare Spiel? Minuten? Stunden? Melina wusste es nicht. Doch allmählich fror sie, ihre Muskeln wurden immer steifer, ihre Bewegungen schwerfällig.
Der geschmeidige Tierkörper entglitt ihrer Umarmung. Sie fiel zurück in die Wellen. Und, wie erstaunlich! Die Delfine begriffen, dass sie müde wurde. Sie umkreisten sie in immer größeren Abständen, als ob sie sich

von ihr verabschieden wollten. Dann wendeten einer nach dem anderen und schwamm zwischen den Klippen hindurch in die offene See.
Da erst erwachte Melina aus ihrer Verzückung.
Abgespannt schwamm sie auf den Strand zu. Ihre Arme und Beine waren schwer wie Blei. Doch als sich ihre Füße in den weichen Ufersand gruben, merkte sie, dass sie hier nicht mehr allein war. Eine Frau in Shorts und Hemdbluse saß auf einem Frotteetuch und blickte aufs Meer. Sie trug einen Strohhut, der ihr Gesicht verbarg. Trotzdem erkannte Melina sie sofort: Es war Stella Vlachos.

6. Kapitel

Melina spürte eine Verlegenheit, eine Art schlechtes Gewissen, als ob sie bei einem Spiel ertappt worden wäre, das nicht mehr zu ihrem Alter passte.
Schwerfällig watete sie ans Ufer. Das Wasser am Strand in dem smaragdgrünen Tümpel war viel wärmer als das draußen bei den Klippen.
Melina stapfte durch den Sand und begrüßte kleinlaut die Lehrerin. Diese reichte ihr mit einem freundlichen Lächeln das Frotteetuch, auf dem sie vorher gesessen hatte. Melina dankte scheu, trocknete sich Gesicht und

Arme ab. Das Handtuch duftete nach Lavendel.

»Kommt das oft vor, dass die Delfine so zutraulich sind?«, fragte Frau Vlachos schließlich.

»Ich weiß es nicht.« Melina kam langsam wieder zu Atem. »Meine Großmutter hat erzählt, dass Delfine heilige Tiere sind. Dass sie früher mit den Menschen befreundet waren. Aber das sei schon lange vorbei, hat sie gesagt. Die Delfine hätten heute Angst vor den Menschen.«

Stella Vlachos lachte.

»Vor dir offenbar nicht. Sag mal, bist du ihnen schon häufig begegnet?«

»Vor ein paar Tagen kam einer und hat mit mir gespielt. Heute war er wieder da und hatte seine Freunde dabei.«

Die Lehrerin guckte mit großen Augen.

»Was meint denn deine Großmutter dazu?«

»Sie ist tot«, sagte Melina. »Sie ist im vergangenen Jahr gestorben, am Ostermontag. Als wir vom Gottesdienst zurückkamen, lag sie in ihrem Bett. Ich dachte, sie schläft, aber ihre Augen waren offen und an ihren Lippen klebte eine Fliege. Als ich sie wegscheuchte, da merkte ich, dass Großmutter nicht mehr atmete. Damals war ich sehr traurig. Aber Großmutter hat mir oft gesagt . . .«

Melina stockte, biss sich auf die Lippen.

»Ja?«, fragte Stella Vlachos aufmerksam.

Melina schluckte.

»Sie sagte . . . dass sie mich nie verlassen würde, auch wenn sie nicht mehr am Leben sei.«

Die Lehrerin nickte ernst.

»Ich verstehe. Setz dich doch eine Weile zu mir«, fügte sie hinzu.

Melina ließ sich neben ihr im Sand nieder. Sie schaute aufs Meer. Von den Tümmlern war weit und breit nichts zu sehen.

Stella Vlachos holte eine große Orange aus einem Korb. Sie öffnete mit geschickten Fingern die Schale und bot Melina die saftigen Fruchtscheiben an.

»Hast du deinen Eltern von den Delfinen erzählt?«

Melina schüttelte den Kopf.

»Nein. Sie wollen nicht mehr, dass ich allein schwimmen gehe. Mein Vater hat mich schon ein paar Mal deswegen geschlagen. Wenn mein Bruder mich begleiten könnte, dann wäre alles anders, sagt er. Aber Yannis kommt nie mit. Er hat Angst vor dem Wasser. Aber mir ist es egal, was meine Eltern sagen.«
»Ich habe gehört, dass dein kleiner Bruder stumm ist«, sagte die Lehrerin in beiläufigem Ton.
Melina zog das Gummiband von ihrem Pferdeschwanz und warf den Kopf nach hinten, damit das Haar schneller trocknete.
»Er ist nicht so geboren worden. Wir waren schon oft beim Arzt, aber der konnte nicht helfen. Zu Neujahr hat meine Mutter eine kleine Platte aus vergoldetem Metall gekauft, mit einem Kindergesicht. Der Priester hat sie gesegnet. Und dann haben wir sie in der Kirche an der Wand befestigt, damit Yannis wieder gesund wird.«
»Du meinst ein Votivbild.«
»Es hat nichts genützt.«
Melina saugte an der Orangenscheibe. Sie

hatte ein trockenes Gefühl im Mund. Vom Salzwasser, dachte sie.
»Er könnte sprechen, wenn er nur wollte. Aber er will nicht.«
»Wie lange ist er schon so?«
Melina seufzte. »Mehr als drei Jahre. Er ist schon acht, aber er kann nicht in die Schule gehen. Er sitzt ja immer nur da und träumt oder er macht irgendwelchen Unsinn.«
Stella Vlachos sah sie fragend an.
Melina hob die Schultern hoch. »Meine Mutter hat immer Angst, dass er neue Dummheiten anstellt. Manchmal kommt es vor, dass er nachts aufsteht und im Schlaf nach draußen läuft. Aber ich merke das sofort und hole ihn wieder ins Haus, ohne ihn zu wecken. Mein Vater will mich im nächsten Jahr aus der Schule nehmen, damit ich mich ganz um Yannis kümmern kann.«
Stella Vlachos runzelte die Brauen.
»Dich von der Schule nehmen? Das wäre schade. Du bist doch sehr begabt.«
Melina seufzte. »Mein Vater meint, es reicht für ein Mädchen, wenn es lesen und schreiben

kann. Dass ich noch in der Schule bin, habe ich meiner Großmutter zu verdanken. Sie hat immer gesagt: ›Das Kind soll lernen!‹ Mein Vater hat nicht gewagt ihr zu widersprechen.«

»Sie muss eine bemerkenswerte Frau gewesen sein.«

Melina nickte traurig.

»Sie fehlt mir sehr. Und Yannis vermisst sie auch, das weiß ich. Nach ihrem Tod ist er zu Mavros in die Hundehütte gekrochen. Manchmal schläft er da. Mavros ist ein Rüde und mag es nicht, wenn man ihm zu nahe kommt. Aber Yannis leckt er ganz zärtlich, als ob er ein Hündchen wäre.«

»Wie kam es eigentlich, dass Yannis so wurde?«, fragte Stella Vlachos behutsam.

Melina nagte an ihrer Unterlippe. Es fiel ihr schwer, darüber zu reden.

»Yannis hatte einen Zwillingsbruder, Mikis. Die beiden sahen so ähnlich aus, dass sogar mein Vater und ich sie verwechselt haben. Meine Mutter nicht, niemals. Sie haben im gleichen Alter Laufen und Sprechen gelernt. Meine Mutter stand tausend Ängste aus, weil sie so lebhaft und leichtsinnig waren und überall herumgeklettert sind. Aber mein Vater sagte dann meistens: ›Ach, lass sie doch. Jungs müssen die Welt entdecken.‹«

Melina wandte sich plötzlich um und streckte den Arm aus.

»Sehen Sie die Klippe, da, wo die Seeschwalben nisten?«

Stella Vlachos folgte ihrem Blick.

»Ganz schön steil«, meinte sie.

»Mikis und Yannis sind da mit ein paar anderen Jungs hinaufgeklettert. Yannis trat auf einen lockeren Stein und hielt sich an seinem Bruder fest. Mikis stand gerade am oberen Rand der Klippe. Er verlor das Gleichgewicht und fiel hinunter. Er schlug mit dem Rücken auf einen Felsen im Meer. Ich weiß nicht, ob er sofort tot war. Er soll noch ein paar Mal gezuckt haben. Jedenfalls überschwemmte eine Welle den Felsen, und als sie zurückrollte, war der Felsen leer. Die Jungen haben erzählt, dass Yannis sich eine Weile überhaupt nicht rührte. Er stand einfach da und starrte nach unten. Sie versuchten ihn weg-

zubringen. Schließlich haben sie Astarios geholt, den Küstenwächter. Yannis hat ihn in den Arm gebissen. Die Narbe hat Astarios noch heute.
Mein Vater hat Yannis zum Arzt gebracht. Der hat ihm eine Spritze gegeben. Danach schlief er zwei Tage lang. Und als er dann aufgewacht war, sprach er nicht mehr. Dafür träumt er stundenlang. Oder er rollt sich unter dem Tisch zusammen und schläft. Und sobald er das Meer sieht, verdreht er die Augen. Er schnappt nach Luft und sein Gesicht wird fast schwarz . . .«
Melinas Stimme klang plötzlich heiser; sie starrte vor sich hin.
Auch Stella Vlachos schwieg eine Weile. Schließlich sagte sie vorsichtig: »Könnte es sein, dass er sich schuldig fühlt, weil sein Bruder verunglückt ist?«
Melinas Augen brannten. Dass sie weinte, merkte sie erst, als ihr eine Träne auf die Hand fiel. Sie wischte sich verlegen die Augen trocken.
»Das hat meine Großmutter auch gesagt.«

Stella Vlachos nickte geistesabwesend.
»Ein Therapeut wäre wohl in der Lage ihm zu helfen. Aber die familiären Verhältnisse lassen es offenbar nicht zu.«
Es klang, als ob sie laut nachgedacht hatte. Melina verstand nicht, was die Lehrerin damit sagen wollte. Also erzählte sie lieber von Dingen, die ihr vertraut waren.
»Ich habe die Drosoulites gebeten Yannis zu helfen.«
»Wer sind die Drosoulites, Melina?«
»Haben Sie noch nie davon gehört?«
In Stella Vlachos' Augenwinkeln tauchten auf einmal kleine Fältchen auf.
»Ich bin ja noch nicht lange hier.«
»Das ist ein großes Geheimnis.« Melina sprach in feierlichem Ton. »Wenn ich es Ihnen erzähle, dürfen Sie es niemandem weitersagen.«
Stella Vlachos schmunzelte.
»Versprochen!«
Und Melina erzählte ihrer Lehrerin die Legende von den Taumännern. Dabei senkte sie unwillkürlich die Stimme.

»Es gibt nur ganz wenige Menschen, die sie gesehen haben und sich etwas wünschen durften. Aber ihr Wunsch ging jedes Mal in Erfüllung.«

Unter ihrem Strohhut guckte die Lehrerin auf einmal ganz seltsam. Waren das spöttische Blicke oder zweifelnde? Es war manchmal schwer zu wissen, woran man mit ihr war.

»Glaubst du nicht, dass es sich dabei um Luftspiegelungen handelt?«

Melina schüttelte den Kopf, dass ihre Haare flogen.

»Unmöglich! Sie haben Yannis eine Murmel geschenkt, in der er das Meer sieht. Es ist bestimmt wahr«, setzte sie mit Nachdruck hinzu. »Wissen Sie, wir haben sie im Gras gefunden. Bevor die Taumänner kamen, war sie noch nicht da. Wenn man die Murmel an die Augen hält, schimmert sie wie Wasser. Seitdem möchte Yannis am liebsten winzig klein werden und in der Kugel verschwinden.«

Die Lehrerin starrte sie an.

»Wie kommst du ausgerechnet auf diesen Gedanken?«

Melina lächelte.

»Ich weiß immer, was er will. Auch wenn er nicht reden kann.«

Ein Luftzug kam plötzlich auf. Es war, als ob die Erde flüsterte und sang. Die Wellen schwappten laut und rhythmisch. Melina erhob sich. Ihr Badeanzug war inzwischen getrocknet.

»Ich muss jetzt gehen.«

Sie zog Jeans und T-Shirt an und verabschiedete sich höflich.

Als sie nach einer kurzen Strecke den Kopf wandte, sah sie die Lehrerin so wie vorher sitzen. Sie hatte ihren Strohhut abgenommen und ihr Gesicht dem Wind zugewandt. Sie schien die aufkommende Kühle zu genießen.

7. Kapitel

Abends verstärkte sich der Wind. Es war der »Chamsin«, der aus den fernen Wüsten Afrikas wehte und die Luft mit seltsamen Geräuschen erfüllte, sirrenden und dröhnenden, wie von rufenden Muschelhörnern. Aufgewirbelter Sand knirschte zwischen den Zähnen, trocknete die Kehle aus.

Die Mutter schloss Türen und Fenster. Jetzt drang von draußen nur noch der starke Duft der blühenden Gräser, von Thymian und Rosen ins Haus.

Als es Nacht wurde, glänzte der Mond wie Metall. Selbst die Steine strahlten Licht aus.

»Der Frühlingsmond scheint«, sagte die Mutter. »Die Pflanzen wachsen. Ich habe gehört, wie der Feigenbaum seine Äste streckt. Die Feigen sind bald reif.«
Evangelia war wie ihre Mutter Domitia; sie spürte die Regungen und Geräusche der Pflanzen, hörte die Wurzeln sich dehnen und die Samenkörner platzen. Doch der Vater schlürfte seine Suppe, beide Ellbogen auf dem Tisch, und verfluchte den heißen Wind, der noch mehr Trockenheit brachte.
Im Hof heulte Mavros den Mond an. Er jaulte wie ein Wolf, den Kopf hoch erhoben. Der Vater warf seinen Löffel hin, dass die Suppe aufspritzte.
»Der Köter macht mich verrückt!«
Er riss die Haustür auf, gab Mavros einen Tritt, zerrte ihn in seine Hütte und zog die Kette so eng an, dass der Hund fast erstickte. Yannis saß auf einem Schemel, schaukelte hin und her. Seine Augen glänzten fast fiebrig und manchmal ging ein seltsames Zucken um seinen Mund. Als es Zeit wurde sich schlafen zu legen, sträubte er sich. Er ver-

kroch sich unter dem Tisch, klammerte sich an einem Tischbein fest.
Melina kroch hinter ihm her, löste einen verkrampften Finger nach dem anderen. Mit Koseworten und einem Singsang, den sie für ihn erfunden hatte, brachte sie ihn dazu, sein Versteck zu verlassen.
Sie wusch seine schmutzigen Hände, putzte ihm die Nase, zog ihn aus und brachte ihn ins Bett. Die Murmel hielt er fest in der Hand. Manchmal fiel ein Lichtfunken darauf und der blaue Schein schimmerte auf seiner Haut.
Melina strich ihm über die Stirn, die sich klamm anfühlte. »Schlaf jetzt!«
Der Mond funkelte hinter den Scheiben. Das Maultier scharrte mit den Hufen und Mavros zerrte winselnd an der Kette.
»Schlaf!«, flüsterte Melina. »Schlaf ganz ruhig.«
Sie zog ihren Schlafanzug an und legte sich hin. Ihr Gesicht fühlte sich heiß an. Sie musste sich beim Spielen mit den Delfinen einen Sonnenbrand geholt haben. Sie dachte

immer wieder daran – was für zauberhafte Augenblicke hatte sie da erlebt.
Den Eltern hatte sie nichts davon gesagt. Ihr war klar, dass sie darüber schweigen musste. Solche Ereignisse konnten die wenigsten Menschen verstehen. Nur die Lehrerin wusste Bescheid. Was für ein seltsamer Zufall, dachte Melina, dass Stella Vlachos gerade im richtigen Moment gekommen war, um das Schauspiel mit anzusehen!
»Es gibt keinen Zufall, alles ist vorbestimmt«, hatte Domitia häufig gesagt. Immer wieder fiel ihr die Großmutter ein.
Das Mondlicht leuchtete fast grell. Melina drehte sich mit dem Gesicht zur Wand und schlief ganz plötzlich ein.

Irgendetwas weckte sie. Ein Luftzug strich über ihr Gesicht, er brachte ganz eigentümliche Geräusche herein. Sofort war Melina hellwach und setzte sich auf. Ihr Herz klopfte hart an die Rippen. Da bemerkte sie, dass das Fenster weit offen stand. Sie sah zu Yannis hinüber: Das Bett war leer!

Hastig warf sie ihre Decke zurück und lief zum Fenster. Der Wind hatte eine Atempause eingelegt. Die Luft war kühl und klar. Der Mond starrte vom Himmel wie ein Riesenauge. Eine Lichtspiegelung ließ auf seiner Oberfläche silberne Wellen flimmern. Mavros zerrte jaulend an der Kette. Auf dem hellen Boden zeichnete sich der Schatten des Feigenbaumes ab, jedes einzelne Blatt wie eine gespreizte Hand.

Melinas Augen wanderten suchend umher. Als sie sich weiter aus dem Fenster beugte, verspürte sie ein Kribbeln im Nacken.

Yannis saß auf dem Hausdach, eine reglose schwarze Gestalt. Seine Füße baumelten über den Rand und er blickte zum Mond empor. Melina wusste, dass sie ihn jetzt nicht rufen durfte. Erschrak er, konnte er vom Dach stürzen.

Sie zögerte nur einen Augenblick. Unter dem Fenster war ein Stapel Holz aufgeschichtet, auf dem man stehen konnte. Melina schlüpfte rasch in ihre Turnschuhe und kletterte auf die Fensterbrüstung. Sie drehte sich auf den

Bauch und rutschte vorsichtig nach draußen, bis ihre Füße das Holz berührten. Dann streckte sie sich und wanderte behutsam weiter, an der Mauer entlang.
Yannis' schmale Gestalt hob sich deutlich von dem glänzenden Nachthimmel ab. Endlich war Melina bei ihm angelangt. Sie zog sich hoch und setzte sich neben ihn auf das Flachdach.
Yannis rührte sich nicht, obgleich er ihre Anwesenheit längst bemerkt haben musste. Fast erschrak sie vor seinem reglosen Gesicht, den geweiteten Augen. Sie wartete, bis ihr Atem ruhiger ging.
»Yannis, was machst du hier?«
Ein Lächeln, das man zuweilen auf den Gesichtern schlafender, noch ganz kleiner Kinder sieht, verklärte sein Gesicht. Er hob die Hand. Melina sah, dass er die Murmel zwischen Daumen und Zeigefinger dem Mond entgegenhielt. Die Strahlen sammelten sich in ihr, sodass sie selbst einer winzigen Mondkugel glich.
»Wie schön«, sagte Melina leise. »Aber komm jetzt, du solltest schlafen.«

Er drehte das Gesicht von ihr weg und schien auf etwas zu lauschen. Melina horchte ebenfalls. Der Wind kam vom Meer und mit ihm das Geräusch der Wellen. Es klang wie ein ständiges Aus- und Einatmen und dazwischen waren ganz seltsame Töne zu hören: Das war weder eine Sprache noch ein Gesang, eher ein melodisches Pfeifen. Und ab und zu ein vielstimmiges Lachen, hell und übermütig, als ob Kinder am Strand spielten und sich vergnügten.

Melina fühlte einen Schauder, ganz tief, in der Gegend des Herzens. Nie hatte sie etwas Ähnliches gehört.

Was ist das nur?, dachte sie.

Sie hielt den Atem an. Ob sie das Ganze nur träumte?

Und dann wusste sie es. Sie kannte diese Töne ja.

Es waren die Stimmen der Delfine, die im silbern funkelnden Meer ihren Reigen tanzten. Eine ganze Weile saß sie da, über den Rand des Daches gebeugt, um sich auch nicht einen einzigen Ton entgehen zu lassen.

Yannis starrte in dieselbe Richtung, mit weit aufgerissenen Augen, und lächelte traumbefangen.
Plötzlich geriet die Luft in Bewegung, als sei sie vom sanften Flügelschlag einer Eule berührt worden. Ein dünner Wolkenschleier überzog den Mond. Zweige knisterten, der Wind schien mit Fingernägeln am Haus zu kratzen. Ein Dachziegel knirschte laut. An der Windseite der Insel schlug ein Brecher an die Klippen, ein fernes Donnergrollen.
Bevor der nächste Brecher die Klippen erreichte, folgte eine seltsame Stille.
Die Stimmen da draußen schwiegen, das kindliche Gelächter war verstummt; so plötzlich, dass Melina eine fast schmerzliche Leere verspürte. Und jetzt blies auch der Wind viel stärker. Im Hof tanzten und zuckten geheimnisvolle Schatten. Yannis schaukelte im gleichen Rhythmus und starrte hinab, als ob er die Entfernung abschätzte und vom Dach springen wollte.
Melina legte erschrocken beide Arme um

ihn. Er wehrte sich nicht und ließ es zu, dass sie ihn behutsam wegzog. Das Mondlicht fing sich in seinen Augen und spiegelte sich dort.

8. Kapitel

Bei Sonnenaufgang legte sich der Wind. Der Tag glänzte wie Kristall, als Melina sich auf den Weg in die Schule machte.
An diesem Morgen hatten sie Geschichtsunterricht und Melina sollte einige überraschende Dinge erfahren.
Zuerst zeigte die Lehrerin Bilder aus dem archäologischen Museum in Heraklion und von dem berühmten Palast von Knossos. Sie erzählte von der Blütezeit Kretas vor viertausend Jahren. Damals wurden Paläste und Städte gebaut, schön und geheimnisvoll wie im Märchen. Kreta war eine Handels- und

Seemacht, die das ganze Mittelmeer beherrschte. Stella Vlachos erzählte, dass Frauen und Männer damals halb nackt gingen, was Kosta ein anzügliches Grinsen entlockte. Doch keiner reagierte; sogar Stavros hielt den Mund. Die ganze Klasse hörte gespannt zu.

»Die Frauen«, fuhr Frau Vlachos fort, »trugen weite Glockenröcke und goldbestickte Gürtelmieder, die Männer Lendenschurze, Gürtel aus geschmeidigem Leder und prachtvollen Schmuck. Männer wie Frauen waren kunstvoll frisiert und geschminkt. Fast alle konnten lesen und schreiben. Sie verfassten Gedichte und musizierten und die Töpfer schufen wundervolle Keramiken. In vielen Häusern gab es Badezimmer und Sitztoiletten mit Wasserspülung.«

Da machten die Schüler große Augen. So etwas konnten sich im Dorf nur wohlhabende Familien leisten.

»Und damals lebten die Menschen in enger Gemeinschaft mit der Natur. Sie verehrten keinen Gott, der ihnen Vorschriften machte, sondern die Große Mutter Erde.«

Die Stimme der Lehrerin wurde jetzt noch eindringlicher.
»Es war eine wundervolle Zeit. Die Menschen damals waren sicher weiser als wir. Ihre Kultur kam von weit her, vielleicht von Atlantis, dem geheimnisvollen, im Meer versunkenen Kontinent. Aber all diese Schönheit fand ein schreckliches Ende, als um 1570 vor Christus auf der Nachbarinsel Santorin ein Vulkan ausbrach. Ein gewaltiges Erdbeben zerstörte Städte und Paläste, eine Flutwelle vernichtete die Handelsflotte. Viele tausend Menschen kamen dabei ums Leben. Kretas Macht war gebrochen. Nun konnten fremde Eroberer die Insel einnehmen und beherrschen.«
Es gab keinen Schüler, der nur mit halbem Ohr zuhörte. In der Klasse war es vollkommen still. Nur Alexis, der sich erkältet hatte, putzte sich mehrmals die Nase.
Melina sah, dass Stella Vlachos sich jetzt direkt ihr zuwandte.
»Die Bewohner Kretas verehrten den Stier als Sinnbild der Sonne. Ihre besondere Liebe

aber galt dem Delfin. Es heißt, dass Kinder auf zahmen Delfinen ritten und sich von ihnen weit hinaus in die offene See tragen ließen. Wenn sie müde wurden, brachten die Delfine sie ans Ufer zurück.«

Melina saß regungslos da. Zwischen ihren Augen und denen der Lehrerin schien sich ein Band zu spannen.

»Die Legende erzählt, dass Aphrodite, die Göttin der Schönheit und Liebe, auf dem Rücken eines Delfins an Land getragen wurde. Und wisst ihr, welche griechische Stadt nach einem Delfin benannt wurde?«

Melina streckte ihren Arm in die Höhe.

»Delphi!«

»Richtig, Melina. Dort soll der Gott Apoll ein Heiligtum gebaut haben, bevor er sich in einen Delfin verwandelte und im Meer verschwand.«

Melina nickte. Ja, diese Geschichte kannte sie. Die Lehrerin erwiderte ihr Lächeln.

»Es heißt übrigens, dass Delfine wissen, was die Menschen denken. Inzwischen haben Forscher herausgefunden, dass Delfine ein sehr hoch entwickeltes Gehirn haben. Man stellt sich die Frage, ob sie nicht auf ihre Art ebenso intelligent sind wie wir. Sie können zum Beispiel Sprachen lernen. Und man sagt auch, dass sie spüren, wenn Menschen krank oder unglücklich sind. Und dass sie über besondere Heilkräfte verfügen . . .«

Nach dem Unterricht verließ Melina als Letzte das Klassenzimmer. Stella Vlachos hielt sie mit einer Handbewegung zurück.

»Eigentlich habe ich nur für dich gesprochen.«

Ein flüchtiges Lächeln glitt über Melinas Gesicht.

»Ja, ich weiß.«

»Ein intelligentes Mädchen wie du sollte auf die höhere Schule gehen«, fuhr die Lehrerin fort.

Melina seufzte beklommen.

»Das war schon immer mein Traum. Aber mein Vater will nicht. Und außerdem . . . woher sollte er das Geld nehmen?«

»Hast du wenigstens Bücher zu Hause?«

»Nur die Lesebücher. Und die kenne ich auswendig.«

»Meine Bücher werden mir nachgeschickt. Sobald sie da sind, suchst du dir welche aus. Du sollst lesen können, so viel du willst.«

Melina bedankte sich. Ihre Stimme bebte vor Freude.

Sie tauschten ein Lächeln voller Einvernehmen. Jede der beiden besaß Anteil an einer Verbindung, die für die Lehrerin faszinierend, für Melina jedoch nicht weniger natürlich und ebenso kostbar war wie das bloße Atmen.

Und wieder versammelten sich in der folgenden Nacht die Delfine in der Bucht.

Ihre Stimmen weckten Melina, als der Mond bereits hoch stand. Sie sah Yannis in seinem Bett aufrecht sitzen und mit verzücktem Ausdruck lauschen. Der Gesang klang so geheimnisvoll und fröhlich.

Beide horchten sie eine Weile gebannt und mit angehaltenem Atem.

Plötzlich warf Yannis seine Decke zurück. Rasch und lautlos lief er zum Fenster, das halb offen stand.

Doch Melina war schneller als er. Sie sprang

aus dem Bett und schloss hastig beide Fensterflügel, dass die Scheiben klirrten.
»Nein!«, flüsterte sie.
Yannis starrte sie aus wütenden Augenschlitzen an. Dann knirschte er mit den Zähnen. Er zwängte sich an ihr vorbei zur Tür. Auch diesmal kam sie ihm zuvor. Sie drehte den Schlüssel im Schloss, verbarg ihn hinter ihrem Rücken.
»Nein!«
Er begann mit verzerrtem Gesicht heftig zu schaukeln. Auf einmal drehte er sich um und rammte seinen Kopf gegen die Wand. Das dabei verursachte dumpfe Krachen ging Melina durch Mark und Bein.
Er tat es wieder und wieder, bis Melina ihn packte und zurückzerrte. An seiner Stirn war schon eine Wunde aufgeplatzt. Yannis knurrte und spuckte. Sie musste ihre ganze Kraft aufbieten, um ihn von sich abzuhalten. Ihre Hände waren klebrig von Blut. Allmählich spürte sie, dass seine Kräfte nachließen. Und plötzlich wurden seine Glieder schwer und locker.

Behutsam hob sie ihn hoch aufs Bett. Er lag mit offenen Augen auf dem Kissen und stöhnte leise. Ein Speichelfaden klebte an seinen Lippen. Melina nahm ein sauberes Taschentuch, betupfte damit behutsam die Wunde, wischte sein glühendes Gesicht trocken. Und dann fiel ihr auf, dass das Lied der Delfine verstummt war.
Heftiges Schluchzen ergriff sie, als sie zum Fenster ging und ihre Stirn an die kühle Scheibe lehnte. Ihre Finger zerknüllten das blutige Taschentuch. Sie hatte das deutliche Gefühl, etwas falsch gemacht zu haben.
Melina warf sich aufs Bett. Sie weinte still vor sich hin, bis sie einschlummerte.

Als sie erwachte, war es bereits Morgen. Rotes Licht schien durch das Fenster und im Feigenbaum schlug eine Nachtigall. Kein Windhauch wehte, das Meer war völlig ruhig. Melina lag flach auf dem Rücken und hörte sich selber atmen.
Auf einmal zuckte sie zusammen, ihr Nackenhaar sträubte sich und sie hörte ganz

deutlich Stella Vlachos sagen: »Delfine spüren, wenn Menschen krank oder unglücklich sind . . .«

Jetzt wusste Melina, was sie falsch gemacht hatte: Die Delfine waren gekommen, um Yannis gesund zu machen. Yannis hatte sie gehört und versucht zu ihnen zu kommen. Und sie hatte es ihm verwehrt. Sie, die gefühllose, dumme Schwester, hatte seine Verzweiflung weder beachtet noch verstanden. Und jetzt war es zu spät.

9. Kapitel

Den ganzen Tag verbrachte Melina in einer Art Wachtraum. Ihr Kopf war voller Gedanken. Ein ständiges Würgen quälte sie. Sie hörte die Lehrerin Dinge erklären, die sie nicht verstand, und sie sah sie mit Kreide Sätze an die Tafel schreiben, die ihr nicht begreiflich schienen.

Der Südwind blies wieder. Alle Schüler waren unruhig und gähnten. Auch Stella Vlachos sprach schleppend und langsam und wischte sich manchmal mit dem Handrücken den Schweiß von der Stirn.

An solchen Tagen rasten hohe Wellen übers

Meer, die Gluthitze machte Menschen und Tiere schlapp und reizbar. Mavros kratzte sein verschwitztes Fell; das Maultier spuckte gelben Schleim. Der Vater klagte über Schmerzen in den Gelenken und schnauzte die Mutter an, weil das Abendessen nicht zur gewohnten Zeit fertig war.
Yannis verkroch sich unter den Tisch, als er die zornige Stimme des Vaters hörte. Die Mutter ließ einen alten, schönen Teller fallen, der noch von Großmutter stammte. Melina sah, wie sie weinte, während sie behutsam die Scherben auflas.
Das Essen verlief in gedrückter Stimmung. Das Schlürfen und Schmatzen des Vaters waren die einzigen Geräusche. Yannis wollte keinen Bissen zu sich nehmen. Er schlug mit dem Kopf um sich und spuckte, sobald Melina ihm den vollen Löffel an die Lippen hielt.
»Ach, lass ihn doch!«, brummte der Vater.
Die Dunkelheit kam sehr schnell. Der wilde afrikanische Wind hatte sich plötzlich gelegt. Als Melina ihren Bruder zu Bett brachte, war

draußen alles still. Sie strich sein Kopfkissen zurecht und sah zu, wie er mit der Murmel spielte, sie an seine Augen hielt und manchmal sogar in den Mund nahm. Dann schlief er ein. Die Hand mit der Murmel hatte er zur Faust geballt und hielt sie an seine Brust gepresst.
Auch Melina legte sich nun ins Bett. Aber sie konnte nicht schlafen. Draußen knisterte ganz leise der Wind in den Zweigen. Sie lauschte mit klopfendem Herzen. Würden die Delfine auch heute Nacht wieder singen? Es kann ja sein, überlegte sie, dass ich mir das alles nur eingebildet habe, dass die Delfine gar nicht da waren. Dass der Wind diese Töne macht, wenn er über die Kalkfelsen streicht.
Eine Zeit lang starrte sie in das blaue Mondlicht. Dann seufzte sie, drehte sich auf die andere Seite und schlief ein.

Es war halb drei, als sie wieder aufwachte. Melina hatte sofort auf die Zeiger ihrer billigen Uhr gesehen.

Da – jetzt hörte sie es wieder, noch deutlicher: ein auf- und abschwellender Klang, perlend wie Wassertropfen, und dazwischen dieses fröhliche Lachen. Sie waren wieder da.
Melinas Atem stockte. Sie wandte den Kopf und sah Yannis auf dem Bettrand sitzen. Er starrte zu ihr hinüber und knirschte mit den Zähnen. Melina schluckte krampfhaft. Jedes Wort, das sie sprach, kostete sie unendliche Überwindung.
»Yannis . . . wollen wir an den Strand gehen?«
Sie sah im Mondlicht, wie er die Augen verdrehte, wie kleine Speichelblasen sich auf seinen Lippen bildeten. Und er nickte. Ja, er wollte mit.
Melinas Herz klopfte wild, als sie die Beine aus dem Bett schob. Sie kleidete Yannis an. Dabei versuchte sie so leise wie möglich zu sein.
Sie selber zog nur eine lange Strickjacke über ihren Schlafanzug. Dann drückte sie vorsichtig die Klinke herunter. Auf Zehenspitzen schlich sie mit Yannis durch den

dunklen Gang. Auch diesmal gelang es ihr, die Haustür ohne ein Geräusch zu öffnen. Nur Mavros, der vor seiner Hütte lag, knurrte verschlafen, bevor er wieder den Kopf auf die Pfoten legte.

Der Mond hing schräg am Himmel; der Sandnebel ließ ihn groß und weich erscheinen. Auch auf der Landschaft lag eine Art Schleier.

Melina fühlte sich wie berauscht. Sie hatte das eigentümliche Gefühl, den Boden kaum mit den Füßen zu berühren. Yannis stapfte neben ihr her, den Klängen und dem Gelächter entgegen, die immer deutlicher zu hören waren. Doch im Dorf war alles dunkel und still; nur vereinzelte kleine Lichter blinkten im Hafen. Melina wunderte sich, dass niemand auf den Beinen war, um zu sehen, was die Geräusche aus der Bucht zu bedeuten hatten.

Bald kam die Stelle, von der aus das Meer sichtbar wurde. Melinas Kopfhaut kribbelte, als Yannis plötzlich langsamer ging. Was, wenn er nicht weiterwollte? Wenn ihn der

Anblick des Wassers wieder so lähmte, dass es aussah, als müsse er sterben?
Melina hielt den Atem an. Sie kannte Yannis' Körpersprache, kannte jede Regung, mit der er seine Empfindungen ausdrückte. Jetzt spürte sie wie am eigenen Leib seine zunehmende Angst; spürte, wie ihm jeder Schritt zur Qual wurde. Er ging immer langsamer, zögerte und blieb schließlich stehen.
In Melinas Bauch wurde es kalt. Was nützte es, auf ein Wunder zu hoffen? Die Delfine sangen vergeblich. Die Angst saß allzu tief in ihm.
In diesem Augenblick kamen vom Strand neue Töne. Die Laute, die sie bisher vernommen hatte, waren seltsam gewesen; diese waren außergewöhnlich, unglaublich. Es klang wie der Gesang eines Vogels. Begleitet wurden sie von ausgelassenem Gelächter und einem Trommeln, als ob da ein Dorffest gefeiert wurde.
Melina sah, dass Yannis sich wieder in Bewegung setzte. Wie aus einem inneren Zwang heraus tat er einen Schritt, dann noch einen

und noch einen. Melina ging neben ihm her. Diese ganz besonderen Klänge schienen einen Faden um seine Seele geworfen zu haben und ihn immer näher ans Meer zu locken. Der sinkende Mond zog eine goldene Bahn über die dunkle See. Er ließ auf den Wellen ein Funkeln und Flimmern entstehen und in diesem Lichtschein tanzten die Delfine.

Sie drehten sich um sich selbst, sprangen aus dem Wasser, wie angezogen von der Kühle der Luft und dem magischen Gold des Mondes. Die geschmeidigen Gestalten schwangen sich empor, bäumten sich auf, tauchten fast senkrecht wieder in die Fluten. Melina hörte Yannis tief und gleichmäßig atmen. Und er ging weiter, wie in Trance. Das Klippengestein, wo Mikis damals den Tod gefunden hatte, war nahe. Doch Yannis ging immer weiter, mit entrücktem Gesicht und weit aufgerissenen Augen.

Die Tümmler kreisten in Ufernähe. Ab und zu hoben sie den runden Kopf mit dem Schnabel aus dem Wasser. In ihr übermütiges Pfeifen und Keckern mischte sich das Zischen der

kleinen Fontänen, die aus ihren Blaslöchern spritzten. Yannis' Gesicht schimmerte golden, als er langsam die Füße in den feuchten Ufersand setzte.
Melina erschrak. Sie wollte nicht, dass er zu nahe an das Wasser ging. Mit großer Behutsamkeit legte sie ihm die Hand auf die Schulter. Er fuhr nicht zusammen, wie sie es befürchtet hatte, sondern drehte nur das Gesicht zu ihr hin. Seine Augen blickten ganz klar. Melina atmete erleichtert auf, als er der stummen Aufforderung gehorchte und kurz vor den auslaufenden Wellen stehen blieb.
Ein Tümmler, der sich in den flachen Wellen schaukelte, warf sich auf die Seite und stieß einige vergnügte Töne aus; ein Gemisch aus Pfeifen und Kreischen. Melina hatte das Gefühl, dass es das Tier sein musste, dem sie am ersten Tag begegnet war. Und als ob der Delfin wusste, was sie gerade dachte, begann er heftig mit dem Kopf zu nicken.
Ein ungewöhnlicher Laut drang über Yannis' Lippen. Melina starrte ihn fassungslos an.

Yannis lachte, so wie jedes andere Kind es an seiner Stelle auch getan hätte.

Seit dem Tod seines Bruders hatte er noch nie so fröhlich gelacht.

Noch erstaunlicher war, dass der Tümmler seine Freude zu teilen schien. Auf einmal schoss er in seiner ganzen Größe aus dem Wasser. Der dunkel glänzende Körper hob sich mit wunderbarer Leichtigkeit, bevor er wieder in die Wellen tauchte. Die Bewegung war so übermütig und so voller Grazie, dass Yannis begeistert in die Hände klatschte.

Melina stand da, unfähig einen klaren Gedanken zu fassen. Sie kam wieder zu sich, als Yannis näher an das Wasser lief. Melina hielt ihn am Arm fest. Da ließ der Tümmler ein besonderes Trillern hören. Es klang wie ein Signal. Und richtig: Die Delfine, einer nach dem anderen, bildeten einen Halbkreis und schwammen dem offenen Meer entgegen. Sie entfernten sich immer weiter, bis nur noch schwarze Wellenringe auf dem Wasser zurückblieben. Und fast gleichzeitig versank der Mond hinter den Klippen. Er tauchte in die Finsternis wie in einen tiefen Brunnen, während es im Osten bereits dämmerte. Ein plötzlicher Schauder erfasste den kleinen Jungen. Seine Zähne schlugen hart aufeinander. Melina nahm seine Hand. Er stieß sie nicht weg, wie er es manchmal tat, sondern presste sie ganz fest. Auf einmal taumelte er vor Müdigkeit und Schwäche. Er legte beide Arme um ihren Hals. Er hatte seine ganze Kraft verausgabt. Melina hob ihn hoch und stapfte mit ihm durch den Sand, wobei sie mehrmals stehen blieb und vor Anstrengung keuchte.

Die Helligkeit nahm zu. Der Himmel schimmerte zuerst purpurfarben, dann orangerot. Im Morgennebel trug Melina ihren Bruder den Hügel hinauf und dann den ganzen Weg bis nach Hause. Sie keuchte und zitterte. Das Gewicht war kaum zu ertragen und doch war sie jetzt glücklich. Sie wusste, in dieser Nacht war ein Wunder geschehen.

10. Kapitel

Als sie das Haus erreichten, glitt die Sonne aus dem Meer und färbte die Dünen golden. Der Vater stand im Hof und sattelte das Maultier. Er trug schon die Pluderhosen und die schwarzen Stiefel, die ihn auf dem Feld vor Dornen schützen sollten. Meistens stand er schon vor Sonnenaufgang auf, um die Morgenkühle für die Arbeit zu nutzen.

Er sah sie kommen, drehte sich um und rief wütend ein paar Worte. Die Mutter erschien in der Tür. Über ihr langes Nachthemd hatte sie einen Schal gelegt. Ihr Zopf, den sie tagsüber unter dem Kopftuch verbarg, hing auf ihrem Rücken. Ihr Gesicht war bleich. Mit einem Freudenschrei, so matt, dass er fast wie ein Seufzer klang, lief sie ihnen entgegen. Yannis löste die Arme von Melinas Hals, ließ sich an ihr heruntergleiten und verdrückte sich ins Haus.

»Wo hast du ihn bloß gefunden?«, stammelte die Mutter.

»Wir waren am Strand . . .«, erwiderte Melina. »Ganz nahe am Wasser. Er hatte überhaupt keine Angst mehr!«

Sie war noch ganz atemlos und erhitzt. Der Vater starrte sie an. Zwischen seinen buschigen Brauen erschien eine tiefe Furche. Er sagte leise und langsam: »Du hast deinen Bruder an den Strand geführt?«

Melinas erster Gedanke war, ihr Geheimnis zu hüten. Doch sie war zu aufgewühlt, um eine Notlüge zu erfinden.

»Wir . . . wir haben die Delfine gehört. Zwei Nächte schon. Yannis wollte sie sehen . . .«

Weiter kam sie nicht. Petros packte sie am Arm und zerrte sie ins Haus. Sie hörte das Knirschen seiner schwarzen Stiefel, spürte, wie seine Finger sich in ihr Fleisch gruben. Als sie im Haus waren, ließ er sie los; doch nur, um die Tür zu schließen. Dann hob er die Hand und schlug ihr ins Gesicht.

Sie war so verblüfft, dass sie ihn nur benommen anstarrte.

»Hast du den Verstand verloren?«, keuchte der Vater. »Willst du, dass auch noch mein zweiter Sohn im Meer ertrinkt?«

Eine zweite Ohrfeige warf sie gegen die Wand. Ihr Gesicht glühte; sie spürte, wie ihre Lippe anschwoll.

Mavros jaulte hinter der Tür, zerrte unruhig an der Kette. Melina zitterte jetzt wie im Krampf.

Der Vater sprach zu ihr wie aus unglaublicher Höhe und Ferne: »Ich schlage dich grün und blau, wenn du noch einmal mit ihm an den Strand gehst, wenn du . . .«

Er stockte. Melinas verschwommener Blick nahm einen Schatten wahr, einen Schatten zwischen sich und dem Vater. Sie hörte ein Geräusch, als ob ein Hund knurrte. Aber Mavros konnte es nicht sein. Melina blinzelte

verstört. Der Schatten nahm Yannis' Gestalt an.
Yannis hatte sich schützend vor Melina gestellt und blickte mit wutverzerrtem Gesicht zu seinem Vater hoch. Melina hörte, wie die Mutter zischend die Luft ausstieß, während Petros gebannt auf seinen Sohn sah. Alle Farbe war aus seinem Gesicht gewichen. Der Zorn hatte einem anderen Gefühl Platz gemacht.
»Yannis . . . «, stammelte er. »Mein Sohn . . .«
Er streckte die Hand aus und zog sie im gleichen Atemzug zurück. Yannis' Zähne schnappten ins Leere. Die Mutter schrie leise auf, machte eine Bewegung auf ihn zu. Er schlüpfte unter ihren Armen hindurch, rannte zur Tür und riss sie auf. Blitzschnell und auf allen vieren kroch er in die Hundehütte, wo Mavros ihn freudig begrüßte. Yannis presste sich an die Flanken des Schäferhundes, zog den zottigen Kopf zu sich herunter und schüttelte ihn hin und her. Der Hund nahm ihm das Spiel nicht übel, sondern leckte ihm zärtlich die Hand und den Nacken.

Die Eltern standen wie erstarrt; die Mutter mit weißen Lippen, der Vater noch keuchend vor Erregung. Schließlich wischte er sich den Schweiß von der Stirn und ließ sich schwer atmend auf die Bank fallen.
»Kaffee!«, brummte er.
Während die Mutter sich am Herd zu schaffen machte, beugte sich Melina über das Waschbecken. Sie drehte den Hahn auf und trank Wasser aus der hohlen Hand. Einige Blutstropfen fielen in die Schüssel. Das Innere ihrer Wange war aufgeplatzt. Melina nahm ein Handtuch, trocknete sich Gesicht und Hände.
Die Mutter reichte ihr wortlos den Brotkorb. Melina stellte ihn vor ihrem Vater auf den Tisch. Dann ging sie, immer noch stumm, in ihr Zimmer, streckte sich auf dem Bett aus und starrte an die Decke, die sich wie ein Karussell um sie drehte. Etwas später machte sich der Vater auf den Weg.

Als der Aufschlag der Hufe verklungen war, kam Melina zum Frühstück. Sie hatte sich

gekämmt und ein sauberes T-Shirt angezogen.
Die Mutter nahm zwei Schalen aus dem Schrank, füllte sie mit dampfendem Milchkaffee. Melina gab etwas Zucker hinein und rührte um.
Die Mutter setzte sich schwerfällig und spreizte die Hände auf dem Wachstuch.
»Petros ist kein böser Mensch«, sagte sie nach einer Weile.
Melina holte gepresst Atem. Der Schmerz hatte sich beruhigt, aber sie zitterte immer noch.
Die Mutter warf einen Blick durch die offene Tür. Yannis lag bei Mavros und schlief. Die Flöhe, die er sich dabei holte, störten ihn nicht. »Yannis wollte dich schützen«, fuhr sie fort. »Das hätte er vorher niemals getan.«
Melina schwieg.
Die Mutter beugte sich leicht vor. »Seine Augen sind anders. Er sieht uns an. Früher hat er meistens an uns vorbeigesehen. Warum bist du mit ihm an den Strand gegangen? Wegen der Delfine? Hast du welche gesehen?«

Melina nickte. Ihre Lippe schmerzte jetzt wieder. Sie brach eine Brotschnitte auseinander und tauchte sie in den Milchkaffee.
»Du weißt doch, Petros hat Angst, dass dem Kleinen etwas passiert. Und du weißt auch, dass die Leute reden. Man wird sagen, Petros hat noch zwei Kinder, aber beide taugen nicht viel. Der Sohn ist geistesgestört, aber die Tochter ist noch verrückter. Nun sag, was war denn mit den Delfinen!«
Melina fing an zu erzählen. Sie schilderte ihre erste Begegnung mit dem Tümmler; und wie später der ganze Schwarm in die Bucht gekommen war. Und wie sie Yannis mit ihrem Gesang an den Strand gelockt hatten.
»Die Delfine wissen, was die Menschen denken und fühlen. Das hat uns die Lehrerin gesagt.« Evangelia stützte ihren Kopf auf ihre Handflächen. Sie schien an irgendetwas zu denken. Schließlich seufzte sie tief: »Auch ich habe sie früher gehört . . .«
Sie stockte, wandte den Blick ab, als hätte sie schon zu viel von sich selbst preisgegeben.

Melina berührte mit der Fingerspitze ihre pochende Lippe.
»Bist du auch mit ihnen geschwommen?«
Die Mutter schüttelte den Kopf.
»Nein. Ich war damals schon mit Petros verlobt. Er hat es mir ausgeredet, ohne ihn an den Strand zu gehen.«
Nachgiebig und sanft zu sein ist niemals gut für ein Mädchen, dachte Melina. Die Großmutter hatte sie gewarnt: »Schaff dir Respekt, mein Kind, so frühzeitig wie möglich. Sonst wirst du später nur ausgenutzt. Wenn der Mann, den du heiraten willst, das nicht versteht, verzichte lieber auf ihn.«
»Du hättest nicht auf Vater hören sollen.«
Die Mutter strich müde ihr Haar aus der Stirn.
»Ich wollte ihn nicht verärgern. Aber das war wohl ein großer Fehler. Du sagst, sie singen für Yannis?«, setzte sie nachdenklich hinzu.
Melina versuchte zu lächeln. Aber das Innere ihrer Wange spannte.
»Ja. Die Delfine werden ihn gesund machen.

Ich weiß es. Und ich werde wieder mit ihm an den Strand gehen.«

»Dein Vater wird dich schlagen.«

»Das ist mir egal.«

Die Mutter nickte.

»Was hat es auch für einen Sinn«, murmelte sie, »wenn Männer sich in Dinge mischen, von denen sie nichts verstehen? Wir Frauen wissen es besser.«

Melina wunderte sich. Nur ganz selten glich die Mutter der Großmutter. Jetzt war es so. Aber sie hatte nicht Domitias unbekümmerte Offenheit. Trotzdem – vielleicht war jetzt etwas in ihr erwacht, etwas, das nie wieder einschlafen würde.

11. Kapitel

Melina klopfte an die Tür. Sie trat außer Atem ins Klassenzimmer, gerade als der Unterricht begann, und stammelte eine Entschuldigung. Stella Vlachos nickte ihr freundlich zu. »Ist schon gut, geh nur an deinen Platz.«
Melina setzte sich und schlug ihr Rechenbuch auf. In ihrer Unterlippe pulsierte immer noch der Schmerz. Sie war blau geschwollen. Melina meldete sich kaum und schlief im Sitzen fast ein. Die Ereignisse der letzten Nacht kamen ihr fern und verschwommen vor wie ein Traum.
In der Pause blieb sie für sich. Einige Schüler

warfen ihr Seitenblicke zu, die Jungen spöttische, die Mädchen eher mitfühlende. Melina wusste, was sie dachten.
Später ließ die Lehrerin ein paar Schüler an die Tafel kommen. Melina wurde nicht aufgerufen. Sie war ihr dankbar dafür.
Endlich läutete es. Die letzte Stunde war vorbei, die Schüler drängten zum Ausgang.
Melina hatte Kopfschmerzen und fühlte sich schlecht. Sie stand schwerfällig auf. Stella Vlachos saß immer noch an ihrem Pult, packte Bücher und Hefte in ihre Tasche. Sie trug weiße Jeans und eine weiße Bluse. Sie warf ihr dichtes blondes Haar aus der Stirn und deutete auf ihre eigenen Lippen.
»Tut es weh?«
»Ein bisschen.«
»Was ist denn passiert?«
Melina schwieg. Sie war es nicht gewohnt zu lügen.
»Dein Vater?«, fragte Stella Vlachos.
Melina nickte wortlos.
»Warum?«
Es war sehr still in der Klasse. Nur eine Fliege

summte. Und in dieser Stille erzählte Melina der Lehrerin, was sich zugetragen hatte.

»Als wir nach Hause kamen, waren die Eltern schon wach. Mein Vater steht jeden Morgen sehr früh auf. Er hatte wohl auch Angst wegen Yannis. Er wurde entsetzlich böse und schlug mich. Aber da ging Yannis dazwischen . . .«

»Hat er etwas dabei gesagt?«

»Nein. Er hat nur geknurrt wie Mavros.«

»Mavros?«

»Unser Schäferhund. Und er hat versucht meinen Vater zu beißen. Vater will nicht, dass ich mit Yannis wieder an den Strand gehe. ›Wenn du das tust‹, sagte er, ›schlage ich dich grün und blau.‹«

Die Lehrerin schüttelte aufgebracht den Kopf.

»Ich glaube, ich sollte mal mit deinem Vater sprechen.«

»Würden Sie das tun?«

Stella Vlachos öffnete ihre Handtasche, nahm einen Lippenstift heraus und zog sich die Lippen nach. Dann betrachtete sie sich in dem kleinen Spiegel ihrer Puderdose.

»Richte deinem Vater aus«, sagte sie, »dass ich ihn am Sonntag besuchen werde.«

In der folgenden Nacht sangen wieder die Delfine in der Bucht, sie riefen nach Yannis. Melina und Yannis lagen wach im Bett, hörten die Stimmen und das Lachen. Doch sie konnten nicht aus dem Haus. Der Vater hatte das Zimmer abgeschlossen.
Bei Tagesanbruch stand er auf. Melina hörte, wie er zur Toilette ging, sich über dem kleinen Waschbecken wusch, die Zähne putzte und gurgelte. Dann schlurfte er durch den Gang. Der Schlüssel drehte sich im Schloss. Die Tür war jetzt offen. Doch die Stimmen da draußen waren schon lange verstummt.

Dass die Lehrerin zu Besuch kam, war eine besondere Ehre. Petros empfing sie mit auf Hochglanz polierten Stiefeln und in seinem weißen Sonntagshemd. Es war windstill und angenehm kühl. Deshalb hatte die Mutter den Tisch unter dem Feigenbaum gedeckt.

Als Stella Vlachos in den Hof trat, kam sie Melina wie eine Erscheinung vor. Sie trug einen hellblauen Hosenanzug und Turnschuhe aus weißem Leder. Ihr Haar leuchtete golden in der Sonne.
Mavros bellte und zerrte an der Kette. Der Vater brachte ihn mit einem Fußtritt zum Schweigen. Die Lehrerin warf ihm einen Blick zu, der Missbilligung ausdrückte. Dann lächelte sie freundlich und setzte sich.
Evangelia brachte türkischen Kaffee, Melonenscheiben und Rosinen, die nach Lorbeer und Minze dufteten – ein besonderes Rezept der Mutter. Sie sprach wenig, streifte die Lehrerin nur gelegentlich mit scheuen Blicken und lächelte dabei befangen.
Melina saß auf der Schwelle der Haustür. Sie trug einen blauen Faltenrock und eine Bluse mit langen Ärmeln. Ihr Haar hatte sie geflochten und mit zwei weißen Schleifen hinter den Ohren hochgebunden. Sie hielt sich im Hintergrund.
Die Höflichkeit verlangte, dass Kinder sich nicht unaufgefordert in die Gespräche der

Erwachsenen einmischten. Auch Stella Vlachos fügte sich den althergebrachten Formen. Nur taktlose Besucher fallen auf Kreta mit der Tür ins Haus. Also sprach sie zuerst von allgemeinen Dingen: vom Wetter, von der Ernte, dem neuen Gemeindehaus und auch von Johannides, dem ehrwürdigen Abt des Arkadi-Klosters, der im August hundert Jahre alt werden würde. Geduldig wartete sie, bis ihr Gastgeber zur eigentlichen Sache kam.

Schließlich fragte der Vater ganz beiläufig, wie seine Tochter denn im Unterricht sei.

Die Lehrerin warf Melina einen Blick zu.

»Sie ist meine beste Schülerin.«

Die Eltern nickten zufrieden und in den Augen der Mutter schimmerte Stolz.

»Melina soll für das Wohl ihrer künftigen Familie lernen«, meinte der Vater daraufhin feierlich. »Mit Unwissenheit verdummt man das Volk. Es gibt Dinge, die man nicht beim Alten lassen soll. Deswegen habe ich das Mädchen noch nicht von der Schule genommen.«

Stella Vlachos schien etwas sagen zu wollen,

besann sich aber anders und erwiderte: »Ich hörte, dass Sie ein Kind verloren haben und dass Melinas Bruder noch heute unter dem Unglück leidet.«

Indem sie dem Vater mitteilte, dass sie über Yannis' Zustand Bescheid wusste, ersparte sie ihm die Verlegenheit, es ihr sagen zu müssen.

Petros zeigte mit einem Kopfnicken, dass er ihre Zuvorkommenheit zu schätzen wusste.

»Seit dem Unfall hat Yannis kein Wort mehr gesprochen.«

Die Lehrerin drehte sich um und schaute zum Haus.

»Wo ist er denn?«

Melina rückte sofort zur Seite. Hinter ihr in der dunklen Türöffnung saß Yannis. Er kauerte da und hielt die blaue Murmel an sein Auge.

»Er spielt den ganzen Tag mit dieser Kugel«, seufzte die Mutter.

Der Vater sprach weiter; und das mit einer Offenheit, die Melina überraschte.

»Wir wollten, dass er zur Schule geht. Aber er

hat die Bücher und Hefte zerrissen. Wir mussten ihn wieder aus dem Unterricht nehmen. Er stellt sogar nachts dummes Zeug an. Er kriecht aus seinem Bett und klettert auf Bäume oder aufs Dach.«
»Sie meinen, dass er schlafwandelt?«
»So nennt man das wohl«, brummte Petros. »Melina schläft im selben Zimmer. Sie passt auf ihn auf. Bisher ging alles gut. Nur letztens hat er wohl wieder geträumt und ist bis zum Strand gelaufen. Sie wissen ja, dass sein Bruder ertrunken ist. Und sobald Yannis das Meer sieht, leidet er unter Erstickungskrämpfen. Melina ist trotzdem mitgegangen. Es war sehr leichtsinnig von ihr. Sie wurde bestraft.«
Melinas Lider zuckten. Der Vater konnte sich ja denken, dass die Lehrerin ihre geschwollene Oberlippe gesehen hatte; da spielte er lieber mit offenen Karten.
Stella Vlachos trank gelassen ihren Kaffee.
»Und Yannis?«
»Er hat mich angegriffen.«
Frau Vlachos beugte sich leicht vor.

»Das ist doch ganz verwunderlich. Er hat also reagiert.«
Der Vater war plötzlich blass geworden. Melina sah, wie er seine Hand unter dem Tisch zur Faust ballte.
»Ich habe es ihm nicht übel genommen.«
Im Schweigen, das folgte, klang deutlich das Rauschen der Wellen. Wind war aufgekommen und wehte vom Meer.
Die Lehrerin ließ den Vater nicht aus den Augen.
»Ich glaube, Yannis hat versucht Ihnen etwas zu sagen.«
Der Vater lehnte sich zurück und trocknete sich den Schweiß, der von seiner Stirn rann.
»Ich habe wohl nicht darüber nachgedacht«, erwiderte er kehlig.
Auch er hat sich irgendwie verändert, dachte Melina. Aber was nützt das schon? Er wird sich nicht von seinem Standpunkt abbringen lassen.
Die Lehrerin sprach weiter mit ihrer tiefen, weichen Stimme: »Ich glaube, es ist ganz wichtig, dass Yannis seine Wasserscheu

überwindet. Melina ist eine gute Schwimmerin. Sie könnte ihm dabei helfen.«

In Petros' Augen glühte ein Funke auf. Nur die Höflichkeit, für jeden Kreter eine Ehrensache, hinderte ihn daran, seinem Zorn freien Lauf zu lassen. Heiser stieß er hervor: »Einen Sohn habe ich bereits verloren. Den zweiten will ich nicht auch noch beweinen.«

Stella Vlachos hob ihre Tasse zum Mund.

»Es wäre unbedingt sinnvoll, einen Arzt aufzusuchen. Heutzutage können solche Störungen geheilt werden. Besonders bei Kindern.«

»Vor zwei Jahren war die Ernte gut«, entgegnete der Vater. »In diesem Jahr sind die Pflanzen erschöpft.«

Stella Vlachos nickte ruhig.

»Vielleicht tragen sie im nächsten Jahr mehr Früchte.«

»Falls es genügend regnet.«

Melina schluckte. Der Vater hatte durchblicken lassen, dass er kein Geld hatte. Das Thema war erledigt.

Und Stella Vlachos, die ihn genau verstanden

hatte, begann ein Gespräch über den Smog in Athen. Sie wusste, dass der empfindliche Stolz der Inselbewohner keine weitere Einmischung duldete.
Währenddessen saß die Mutter, die Hände auf den Knien gefaltet, steif und wortlos da. Undurchdringliche Ruhe lag auf ihrem Gesicht. Als die Besucherin die Rosinen lobte, bedankte sie sich sehr förmlich.
Schließlich trank die Lehrerin ihren Kaffee aus, zum Zeichen, dass sie aufbrechen würde. Die Eltern begleiteten ihren Gast bis zum Tor. Auch Melina kam jetzt mit, um sich zu verabschieden. Stella Vlachos lächelte dabei.
»Hübsch siehst du aus, in deiner weißen Bluse. Wir sehen uns morgen in der Schule!«
Sie winkte noch, bevor sie sich auf ihr Fahrzeug setzte, den Schlüssel drehte und den Starter betätigte. Das Motorrad setzte sich dröhnend in Bewegung. Als es in der Kurve verschwunden war, half Melina der Mutter den Tisch abzuräumen. Beide schwiegen.
In der einkehrenden Stille hörte man die

Wellen jetzt noch viel deutlicher. Sie klangen wie ein zärtliches Rufen.
Yannis hielt die Murmel vor die Augen und starrte in die Sonne. Das Licht funkelte blau auf seinem Gesicht.

12. Kapitel

Yannis hämmerte an die verschlossene Tür, rammte seine Schulter dagegen, schlug mit dem Kopf gegen die Wand. Er wollte aus dem Fenster klettern, hinaus zu den Delfinen. Melina packte ihn, hielt ihn fest. Beide wälzten sich am Boden, keuchend und stöhnend. In seiner verzweifelten Wut entwickelte er Kräfte, denen sie fast nicht gewachsen war. Seine Nägel hinterließen lange, blutige Kratzspuren auf Melinas Armen. Er riss an ihren Haaren, dass sie vor Schmerz aufschrie.
Der Vater stand plötzlich in der Tür, fiel über die beiden her, schlug wahllos auf sie ein. Er

brüllte Melina an, dass sie unfähig sei den Bruder zu beruhigen. Yannis stampfte mit dem Fuß auf, sein Blick war hasserfüllt. Die Mutter weinte verzweifelt und drückte ihre Handflächen gegen die Schläfen.
Dann knallte der Vater die Tür ins Schloss. Melina und Yannis blieben in der Dunkelheit allein.
Melina schluckte ihre Tränen hinunter, legte die Arme um Yannis.
Sie sagte: »Komm, leg dich wieder hin. Sei ganz ruhig, wir gehen zu den Delfinen. Ich helfe dir, mir wird schon etwas einfallen.«
Yannis zeigte mit keiner Miene, dass er sie verstanden hatte. Er gehorchte jedoch widerstandslos. Im Bett lag er dann ganz still und starrte zur Decke.
Bis zum Morgengrauen hörte Melina die Delfine. Sie weinte lautlos in ihr Kopfkissen und hielt sich die Ohren zu.

»Ich hab wohl nichts erreicht.« Stella sagte das mit einem leicht ironischen Ton. »Dein Vater hat seine eigenen Ansichten. Ich wollte ihn nicht kränken. Wir müssen da sehr behutsam vorgehen.«

Sie hatte Melina am darauf folgenden Nachmittag nach dem Unterricht gebeten noch etwas zu bleiben.

Und Melina erzählte ihr jetzt von der schrecklichen Nacht, die sie hinter sich hatte.

Stella seufzte.

»Er meint es ja nur gut, weißt du. Aber es könnte sein, dass die Delfine für Yannis eine große Chance sind. In den Vereinigten Staaten werden sie mit Erfolg eingesetzt, um Kindern zu helfen.«

»Wie bringen die Delfine das fertig?«

Stella brauchte etwas länger, um zu antworten.

»Ich will versuchen es dir zu erklären. Delfine besitzen anscheinend eine besondere Feinfühligkeit und bekommen besseren Kontakt zu Menschen wie Yannis, die ihre Welt auf andere Art erleben. Delfine kümmern sich nicht um Sachlichkeit oder Vernunft. Ihr Verhalten führt zurück in Zeiten, an die uns jede Erinnerung verloren gegangen ist. Übersensible Kinder reagieren manchmal ähnlich. Ihr Gehirn funktioniert besonders intensiv auf einer unbewussten Ebene, so wie auch das Gehirn der Delfine.«

Sie verzog das Gesicht, verschmitzt und nachdenklich.

»Vielleicht hört sich das zu kompliziert an.«

»Nein, ich verstehe.«

»Ich weiß, dass du das verstehst.«

Stella lächelte jetzt wieder. Und auch Melina lächelte scheu zurück.

Als Melina aus der Schule kam, knetete die Mutter Brotteig. Die Ärmel ihrer Bluse waren bis zu den Ellbogen aufgekrempelt, ihre Hände mit Mehlstaub bedeckt. Der Vater war noch im Olivenhain.

Vor einiger Zeit hatte er junge Ölbäume angepflanzt. Nun war viel zu tun: Er musste den Boden auflockern, umpflügen, düngen und bewässern. Das nahm viel Zeit in Anspruch. Mittags brachte ihm die Mutter das Essen und half ihm noch eine Weile. Yannis behielt sie dabei im Auge, so gut es ging. Sie war froh,

wenn Melina sich nachmittags nach der Schule um ihn kümmerte.
Heute war die Mutter nicht im Olivenhain. Sie backte das Brot für die ganze Woche. Yannis kauerte wieder einmal unter dem Tisch und spielte mit der Murmel. Mutters Gesicht war blass, ihre Bluse verschwitzt.
»Heilige Jungfrau!«, flüsterte sie. »Den ganzen Tag sitzt er da schon!«
Melina beugte sich hinunter. Yannis warf ihr einen finsteren Blick zu.
»Willst du nicht endlich rauskommen?«
Yannis lutschte herausfordernd an der Murmel.
Melina richtete sich wieder auf. Ihr Entschluss war gefasst. Aber sie musste die Mutter als Verbündete gewinnen.
»Ich habe mit der Lehrerin gesprochen.«
Die Mutter deutete mit dem Kopf nach unten.
»Über ihn?«
»Ja, sie meint, dass er wieder gesund werden kann.«
Mutter klopfte den Teig. Ihre Arme, die so zart wirkten, waren erstaunlich stark.

»Petros hat beschlossen ihn zum Arzt zu bringen. Im Frühjahr, sagt er, sobald das Geld da ist.«
Melina stützte beide Ellbogen auf den Tisch. »Frau Vlachos sagt, ich soll ihn mit den Delfinen spielen lassen. Sie hat mir erklärt, dass sie so eine Art Sprache haben, die Yannis besser versteht als wir. Ist das nicht merkwürdig?«
»Es gibt Dinge, über die wir uns nicht den Kopf zerbrechen sollten.« Das Gesicht der Mutter blieb ausdruckslos. »Die Lehrerin ist eine kluge Frau. Aber dein Vater macht, was er will.«
Melina spürte ein Pochen in der Unterlippe. Die Schwellung war immer noch nicht ganz abgeklungen.
»Vielleicht gibt es Sachen, bei denen er sich irrt.«
»Kann schon sein. Aber er ist dein Vater.«
»Wenn ich mit Yannis zum Strand gehe, solange er sich um die Bäume kümmert, dann kann ich ja sehen, ob die Delfine kommen oder nicht . . .«

Die Mutter sah erschrocken auf.
»Du willst deinen Vater hintergehen?«
Melina spürte, dass sie wütend wurde.
»Er lässt ja nicht mit sich reden!«
»Er sagt, dass er mit Yannis zum Arzt . . .«
»Und wenn kein Regen fällt? Wenn die Ernte wieder schlecht ausfällt? Soll Yannis krank bleiben, bloß damit der Vater seinen Willen hat?« Sie sah die Mutter zusammenzucken und fügte beschämt hinzu: »Oh, Mama! Es tut mir Leid. Ich hätte das nicht sagen sollen.«
»Schon gut, Melina.«
Evangelia knetete geistesabwesend den Teig. »Es gibt eben Dinge, die wir wissen, aber nicht wahrhaben wollen. Wenn ich mal wieder Angst davor habe, über meinen Schatten zu springen, dann sage ich mir immer: ›Domitia hätte es getan.‹« Sie fuhr mit dem Arm über ihre verschwitzte Stirn. »Wenn das Meer ruhig ist, erlaube ich dir mit Yannis an den Strand zu gehen. Aber sieh zu, dass Petros es nicht merkt. Sonst prügelt er dich halb tot. Nur eins musst du wissen, Melina:

Geschieht dem Kind etwas, trage ich die Schuld. Ist dir klar, dass ich dir mein Leben anvertraue?«
Melina sah Tränen in den Augen ihrer Mutter glitzern. Rasch beugte sie sich vor, nahm ihre Hand, die noch weiß vom Mehlstaub war, und küsste sie.

Die Bucht lag still und tiefblau unter den schrägen Sonnenstrahlen. Melina ging mit Yannis über den ausgetretenen Pfad, der zum Strand führte. Sein Gesicht war ausdruckslos. Er starrte vor sich hin. Aber er schien auch keine Scheu mehr vor dem Wasser zu haben. Vielleicht war er jetzt sogar neugierig.
Weit und breit war kein Mensch zu sehen. Die Wellen hatten alles Mögliche auf den nassen Sand gespült: Mattenreste, verbeulte Plastikflaschen, sogar Glühbirnen und viele Holzstücke, die das Meer geschliffen und poliert hatte.
Sie liefen bis an den Rand des Strandtümpels. Melina kniff die Augen zusammen und

blickte auf die offene See hinaus. Ob die Delfine wohl in der Nähe waren? Ihr Herz verkrampfte sich bei dem Gedanken, dass sie weitergezogen sein könnten in weit entfernte Meeresgegenden.

Doch plötzlich entdeckte sie in Ufernähe eine leichte Bewegung des Wassers. Sie hielt den Atem an und drückte heftig die Hand des kleinen Bruders. »Yannis! Sieh nur, ein Delfin!« Ihre Stimme war rau vor Erregung.

Und da sah sie auch schon den großen, hellen Leib des Tümmlers. Er schwamm gemächlich auf sie zu. Seine Rückenflosse erschien an der Oberfläche, als er in den Tümpel glitt. Ganz plötzlich erschien sein nass glänzender Kopf mit den lachenden Augen und dem schnabelähnlichen, offenen Maul. Dann reckte er sich und trommelte mit den Flossen auf das Wasser. Sein Keckern und Schnattern klang wie eine fröhliche Begrüßung. Schließlich ließ er sich rückwärts zurücksinken und das Wasser schlug über ihm zusammen. Jetzt war er nur noch ein dunkler Schatten, der unter der Oberfläche lebhaft hin und her glitt.

»Siehst du, er hat uns nicht vergessen! Er wartet auf uns!«
Yannis' Gesicht war auf einmal wie verwandelt. Er riss den Mund weit auf. Doch es kam nur ein heiseres Lachen aus ihm hervor. Er bohrte seine Turnschuhe in den feuchten Sand und winkte dem Delfin zu.
Und wieder schoss der Kopf des Tümmlers an die Oberfläche. Er blies eine Fontäne aus seinem Atemloch und gab eine Folge übermütiger Pfeif- und Kreischtöne von sich. Yannis war begeistert. Er tanzte und klatschte in die Hände.
»Er will mit uns spielen!«, rief Melina. »Aber wir müssen zu ihm ins Wasser. Kommst du?«
Yannis beachtete kaum, wie Melina seine Hose aufknöpfte, das T-Shirt über seine Schultern zog. Eine halbe Minute später trug auch Melina nur noch ihre Unterwäsche. Sie nahm Yannis an der Hand und watete mit ihm ins Wasser. Er sträubte sich nicht. Melina hatte das Gefühl zu träumen, als sie ihn Schritt für Schritt in den Tümpel führte.
Das Wasser war wunderbar weich und warm.

Zuerst reichte es Yannis bis an die Waden, dann bis an die Knie. Als es seine Hüften umspielte, hob ihn Melina hoch. Yannis beachtete das Wasser überhaupt nicht. Er streckte beide Arme nach dem Tümmler aus. Melina umfasste seine Brust, lachte und nickte ihm zu.

»Langsam! Nicht so schnell! Und den Mund gut zumachen! Sonst schluckst du Wasser!«

Der Delfin schwamm ganz in ihrer Nähe. Melina spürte auf ihrer Haut leichte Schwingungen. Waren das die Schallwellen? Sie hatte gehört, dass Delfine sich ähnlich wie Fledermäuse orientieren, indem sie akustische Signale aussenden. Auf einmal gab es ein gewaltiges Spritzen und Gurgeln. Yannis schaukelte heftig in ihren Armen und Melina hatte nur noch den Gedanken, ihn über Wasser zu halten. Schon tauchte, prustend und schnaufend, der Tümmler dicht vor ihnen auf. Seine großen Augen schienen vor Vergnügen zu blinzeln.

Yannis schrie freudig auf. Er griff nach dem Tier. Melina sah, wie der Tümmler leicht

abtauchte und ganz nahe kam, bis sie die kalte, elastische Haut fühlte. Dann hob der Delfin sich behutsam aus dem Wasser, sodass Yannis die Arme um ihn legen konnte. Strampelnd vor Freude klammerte er sich an dem Delfin fest.
Und dieser schien zu verstehen, dass er dem kleinen Jungen seine wilden Wasserspiele nicht zumuten konnte. Er schwamm ganz ruhig und langsam im Kreis, stets in Melinas Nähe.
Auf einmal schlug Yannis eine größere Welle ins Gesicht; er schluckte Wasser, hustete und spuckte. Unwillkürlich ließ er den Delfin los. In plötzlicher Panik riss er den Mund auf, er wollte schreien. Doch schon machte der Tümmler eine schnelle Drehung. Sein Kopf tauchte unmittelbar neben Yannis aus dem Wasser. Er quakte wie eine Ente, schüttelte die Flossen und gebärdete sich so übermütig, dass Yannis augenblicklich seine Furcht vergaß und mit beiden Händen auf das Wasser klatschte, um den Delfin nachzuahmen. Melina, die ihn gut festhielt, spürte, wie er mit

den Beinen ganz automatisch die richtigen Schwimmbewegungen machte.
So spielten sie eine ganze Weile. Je übermütiger ihr kleiner Bruder auf das Wasser schlug, desto stärker trommelte der Delfin mit seinen Flossen. Tropfen gurgelten aus seinem Blasloch, während er keckerte und schnatterte und tausend Dinge in der Delfinsprache erzählte.
Plötzlich schwamm er näher heran, gab Yannis einen liebevollen Stoß mit seinem Maul, bevor er sich tiefer absinken ließ. Nun schwamm er um sie beide herum, zog immer größere Kreise.
Melina kannte inzwischen dieses Abschiedssignal. Sie sah den bronzefarbenen Rücken mit der spitzen Rückenflosse noch ein paar Mal aus dem Wasser ragen, bis der Delfin tauchte und verschwand.

Der Zauber war gebrochen. Und jetzt sah Yannis, wo er war. Er strampelte verzweifelt mit angstverzerrtem Gesicht und wilden, unkontrollierten Bewegungen. Melina musste alle Kraft aufbieten, um ihn zu halten. Sie bekämpfte ihre Angst, sprach beruhigend und vernünftig auf ihn ein; es gelang ihr sogar, dabei zu lachen.

»Sei ruhig . . . ganz ruhig! Dir passiert nichts! Du schwimmst ja schon fast so gut wie der Delfin!«

Yannis warf beide Arme um ihren Hals, schlang seine Beine um ihre Hüften. Er war kaum zu halten. Melina keuchte vor Anstrengung. Wenn sie ihn nur hätte auf den Rücken legen können, um die Arme unter seine Achselhöhlen zu schieben! Aber wie sollte sie ihm das begreiflich machen? Zum Glück war sie nur ein paar Schwimmstöße vom Ufer entfernt. Und bald fand sie festen Boden unter den Füßen. Taumelnd kam sie auf die Beine. Als das Wasser nur noch ihre Knie umspülte, befreite sie sich energisch aus der Umklammerung des Bruders.

»Lass mich jetzt los! Hier kannst du stehen!«

Yannis streckte seine Beine aus, seine Füße berührten den Boden. Jetzt hielt er sich nur noch an Melinas Hand fest.

Als sie im feuchten Sand standen, wandte Melina sich um. Vom Delfin keine Spur mehr. Die Sonne sank, das Wasser war blau und rosafarben, wunderschön anzusehen. Melina strich sich das nasse Haar aus der Stirn und holte tief Luft. Das Triumphgefühl in ihr war so stark, dass sie am liebsten losgeschrien hätte. Yannis sah zu ihr hoch, völlig ruhig und kaum außer Atem. Auf seinem Gesicht lag noch der Widerschein des Glücks, das er gerade eben erfahren hatte. Melina lachte ihn an.

»Das war doch schön, nicht wahr? Möchtest du wieder mit ihm spielen?«

Der Anflug eines Lächelns huschte um seinen Mund.

»Beim nächsten Mal gehen wir tiefer mit ihm ins Wasser. Aber vorher musst du besser schwimmen lernen. Sonst macht es ihm ja keinen Spaß, wenn er dauernd am Ufer bleiben muss.«

Yannis' Wimpern zuckten, das war alles. Sein Gesicht war wieder unbewegt. Er hatte sich wieder in sich selbst zurückgezogen.

13. Kapitel

Himmel und Meer färbten sich dunkelrot, als Melina zur Pension Leonardis ging. Dort stieg sie die Treppe zu Stellas Zimmer hoch und klopfte an ihrer Tür.

Die Lehrerin öffnete und nickte ihr freundlich zu.

»Komm herein, Melina.«

Scheu trat sie über die Schwelle. Sie schaute sich um. Sie bemerkte nicht, wie einfach der Raum eingerichtet war, empfand nur seine friedliche Ausstrahlung. Die Wände waren weiß getüncht, die Möbel etwas abgenutzt. Aber auf dem Bett lag, sorgfältig glatt gestri-

chen, ein schön bestickter Überwurf. Auf dem Schreibtisch standen einige Fotos in Metallrahmen. Daneben waren Schülerhefte aufgeschichtet. Ein kleiner Behälter enthielt Kugelschreiber und Bleistifte.
Melinas Augen richteten sich auf das Wandregal mit den vielen Büchern und Zeitschriften.
Stella fing ihren Blick auf und lächelte. »Setz dich.«
Melina nahm zögernd auf einem Stuhl Platz.
»Magst du kandierte Früchte? Aus Athen!«
Stella nahm eine Schachtel aus dem Schrank und hielt sie Melina unter die Nase.
Melina starrte auf die Aprikosen, Kirschen und Erdbeeren. Das Wasser lief ihr im Mund zusammen.
»Selbst gemacht! Von meiner Mutter. Sie weiß, wie gerne ich die esse. Aber ich sollte allmählich aufpassen, sonst werde ich fett.«
Stella massierte lachend ihre Hüften.
»Nimm dir!«
»Danke, Frau Vlachos.«
Melina nahm behutsam eine Aprikose. Sie

biss hinein. Die Frucht zerging auf der Zunge, süß wie Honig.

»Gut, nicht wahr?«

Stella setzte sich in einen Korbstuhl und hob lächelnd die Brauen.

»Nun?« Melina erzählte. Dabei lutschte sie ab und zu am Rest der Aprikose.

»Der Delfin ist sofort gekommen. Ich glaube, er hat auf uns gewartet. Er schwamm ganz nahe heran, legte sich unter Yannis und hielt ihn über Wasser. Yannis hatte überhaupt keine Angst. Nur als der Delfin wegschwamm, da tat er wie wild. Aber der Delfin hatte genau gemerkt, dass Yannis müde wurde. Er wollte, dass wir aus dem Wasser gehen. Wie ein richtiger Schwimmlehrer, wissen Sie . . .«

Stella nickte. Sie erhob sich und trat ans Fenster. Wortlos starrte sie nach draußen auf das Meer. Nach einer Weile wandte sie sich wieder um. In ihren Augen war ein seltsamer Schimmer.

»Was wissen wir schon über die Kreaturen des Meeres? Wir beobachten sie, wir bewundern sie auch, doch wir sagen, sie haben keine Intelligenz, kein Bewusstsein. Wir sagen, die Delfine haben Instinkt, mehr nicht. Dass sie vielleicht versuchen mit uns ins Gespräch zu kommen, kommt uns nicht in den Sinn. Die Menschen haben zwar Gefühl und Verstand; aber wir sind eine grausame Gattung, grausamer, als Tiere es je sein können. Wir töten auch Delfine und Wale. Wir sind Raubtiere, Melina; Raubtiere mit Verstand. Was die ganze Sache noch schlimmer macht . . .«

Sie seufzte, warf ihr dichtes Haar aus der Stirn.

»Es tut mir Leid, Melina. Ich habe nur laut gedacht und du hast andere Dinge im Kopf. Was ich von diesem Erlebnis halte? Nun, ich glaube, dass Delfine über eine Einsicht verfügen, die der unsrigen in manchen Belangen überlegen ist. Wahrscheinlich wissen sie mehr von uns als wir von ihnen. Die Art, wie der Delfin mit Yannis umging, beweist es doch. Er spürt, da ist ein Kind, das eine große Furcht hat, und er will diesem Kind helfen.«

Sie stockte. Zwischen ihren Brauen erschien plötzlich eine Falte.
»Was sagen denn deine Eltern dazu?«
Melina leckte an ihren klebrigen Fingern.
»Meine Mutter weiß Bescheid. Mein Vater nicht.«
Stella lächelte ironisch.
»Solche Dinge muss man ihm schonend beibringen. Er braucht Zeit, um zuzugeben, dass er Unrecht hatte. Für einen Mann ist so was nicht ganz leicht. Er denkt an seinen Stolz. Im Grunde ist er zu bedauern.«
Melina antwortete nicht. Sie hielt ihre Lippen fest zusammengepresst. Doch es gelang ihr nicht, ein leichtes Zittern zu verbergen.
Stella wechselte das Thema.
»Übrigens, meine Bücher sind da. Möchtest du ein paar mitnehmen? Was möchtest du denn lesen?«
»Ein Buch, das von Delfinen handelt.«
»Das wird gar nicht so einfach sein!« Stella schnalzte nachdenklich mit der Zunge. »Warte, vielleicht finden wir was in antiken Gedichten . . .«

Sie nahm ein Buch aus dem Regal.
»Arion, zum Beispiel . . .«
Stella schlug eine Seite auf.
»Da, die Hymne an Poseidon. Sie erzählt von einem Mann, der von Seeräubern überfallen wurde. Als er sich daraufhin ins Meer stürzt, wird er von Delfinen gerettet.«
In geübtem Tonfall las sie vor:
»Großmächtiger Gott,
Wassergewaltiger mit goldenem Dreizack,
Mit schwangerer Flut,
Länderumfasser!
Dicht umtanzt in fröhlichem Reigen
Flossenbeschwingt dein schwimmendes Volk . . .«
Sie klappte das Buch zu und reichte es Melina, die hastig ihre Hände an ihrer Jeans abwischte, bevor sie es nahm.
Stella verzog leicht das Gesicht.
»Eigentlich ist es keine geeignete Lektüre für Kinder . . .«
Melina schüttelte lächelnd den Kopf. »Das macht nichts.«

14. Kapitel

Jenseits der Klippen glitzerte das Meer kobaltblau. Doch im Tümpel am Strand war das Wasser durchsichtig bis auf den Grund und duftete nach Früchten. Lichter tanzten in den Wellen.

Die meiste Zeit schwamm der Delfin dicht unter der Oberfläche, dann war nur seine Rückenflosse zu sehen.

Während Melina mit Yannis Schwimmübungen machte, kam er immer wieder ganz nahe und schubste die beiden sanft mit dem Maul. Oder er schwamm mit hoher Geschwindigkeit dem Meer entgegen, bevor er blitzschnell

wendete und zurückkam, als ob er sie ermutigen wollte es ihm gleichzutun. Dann schüttelte Melina den Kopf und lachte.
»Nun warte doch! Du siehst ja, dass Yannis noch nicht schwimmen kann!«
Sie redete mit dem Tümmler wie mit einem Menschen und hatte das Gefühl, dass es ihm Freude machte. Denn ihren Worten folgte sofort ein fröhliches Pfeifen und Schnattern. Melina stand bis zur Taille im Wasser und hielt Yannis fest. Ja, er machte spontan fast alles richtig, überließ seinen Körper einfach dem Wasser. Doch musste sie wachsam sein. Der Delfin übte eine derart starke Faszination auf ihn aus, dass Yannis bisweilen jede Vorsicht vergaß. Er kreischte vor Freude, wenn der Tümmler seine Fontäne blies oder hoch aus den Wellen sprang. Dabei achtete dieser immer darauf, den kleinen Jungen nicht aus dem Gleichgewicht zu bringen. Und wenn er merkte, dass Yannis völlig entspannt war, schwamm er so nahe heran, dass der Bruder sich auf seinen Rücken setzen konnte. Das war Yannis'

liebstes Spiel. Er umklammerte den Tümmler mit Armen und Beinen und ließ sich von ihm tragen. Melina hatte ihm beigebracht die Rückenflosse nicht zu berühren; sie war hart wie grobes Schmirgelpapier.

Zu Anfang war sie natürlich noch ziemlich ängstlich: Was, wenn der Tümmler mit Yannis in die offene See schwamm? Wenn der Bruder dort das Gleichgewicht verlor oder plötzlich seine Kräfte nachließen? Trotz ihrer Ausdauer und Schnelligkeit würde sie niemals rechtzeitig bei ihm sein, um ihn über Wasser zu halten.

Doch sie merkte schon bald, dass sie dem Delfin vertrauen konnte. Stets schwamm er ganz langsam und hielt sich nur im Tümpel auf. Oder er bewegte sich lediglich ein paar Atemzüge lang am Rande der offenen See. Er schien damit sagen zu wollen: »Warte nur ab, da draußen ist es viel schöner. Später zeige ich dir eine Menge interessanter Dinge. Aber jetzt ist es für dich noch zu früh!«

Das ging mehrere Tage so. Sobald die Kinder

an den Strand kamen, dauerte es kaum eine Minute und schon zeigte sich die Rückenflosse des Delfins.
Yannis war jedes Mal so aufgeregt, dass er sich am liebsten in seiner Kleidung in den Tümpel gestürzt hätte. Und seine Schwimmstöße waren noch sehr hastig. Er schluckte viel Wasser, würgte und spuckte; aber es machte ihm nichts aus.
Es gab jedoch auch Tage, an denen der Delfin nicht kam. Immer dann, wenn sich Touristen oder Einheimische in der Bucht aufhielten. Dann bekam Yannis entsetzliche Wutanfälle. Er tobte und bewarf die Touristen mit Sand. Melina versuchte dann vergeblich ihn zu beruhigen. Aber selbst wenn die Eindringlinge verschwunden waren, ließ der Delfin sich nicht blicken. Er schien zu spüren, dass Yannis zu unruhig und aufgeregt war, um mit ihm im Wasser zu spielen. Melina sprach mit Stella darüber.
»Das ist schlimm. Yannis ist dann total deprimiert. Er wirft alles kaputt oder rennt mit

dem Kopf gegen die Wand. Man kann ihn keine Sekunde aus den Augen lassen.«

»Ich nehme an«, sagte Stella, »das ist seine Enttäuschung, die er zu bekämpfen versucht. Kann er eigentlich schon schwimmen?«

»Immer besser. Aber sobald er aufgeregt ist, bewegt er sich zu schnell und geht unter.«

»Das machen alle Kinder. Hat er Angst unter Wasser?«

»Überhaupt nicht. Da schwebt er ganz ruhig, mit offenen Augen. Er kann sehr lange die Luft anhalten. Viel länger als ich, und dabei habe ich Übung.«

»Es gibt Menschen, die eine besondere Begabung dafür haben«, meinte Stella.

Melina merkte jetzt, wie Yannis sich von Tag zu Tag veränderte.

Sonst hatte er schon beim bloßen Anblick des Meeres Krämpfe bekommen. Und nun schien er sich plötzlich im Wasser wohler zu fühlen als an Land. Er warf sich auf den Rücken, streckte den ganzen Körper aus und schau-

kelte behaglich auf den Wellen. Dann krümmte er sich zusammen, hielt sich die Nase zu und ließ sich sinken.
Er bewegte sich unter Wasser wie im Traum und ohne jegliche Furcht. Melina hatte die größte Mühe, so lange zu tauchen wie er. Ihre Lungen wurden eng, sie musste früher nach oben, um Luft zu holen; während Yannis erst nach einer Weile wieder an die Oberfläche kam, mit jenem verklärten Ausdruck, den man zuweilen auf dem Gesicht schlafender Kinder sieht. Dabei wurden sie beide von dem Delfin umkreist.
Melina spürte immer deutlicher, wie sich die Energie und Ruhe des Tümmlers auf den Bruder übertrugen. Und auch sie selbst fühlte eine Veränderung. Wenn sie mit Yannis und dem Delfin im Meer schwamm, fiel alles Bedrückende von ihr ab. Sie empfand nur noch wohltuende Frische, Harmonie und Freiheit.
In der Welt der Menschen gab es Vorschriften, die beachtet werden mussten, Worte, die man sagte oder nicht sagte, Gedanken, die

erlaubt oder verboten waren. Bisher hatte Melina meistens befolgt, was von ihr verlangt wurde. Jetzt merkte sie, dass ein Teil von ihr sich außerhalb dieser Ordnung bewegte. Ja, darin glich sie immer mehr ihrer Großmutter. Das spürte sie deutlich.

Der Delfin lockte sie schließlich weiter ins Meer hinaus. Die Wellen waren hier höher, die Strömung stärker und kälter.
Einmal schwammen sie in der offenen See, als Wind aufkam. Melina musste ihre ganze Kraft gegen die anrollenden Wellen aufbieten. Sie hatte Angst um Yannis, merkte jedoch bald, dass sie sich um ihn eigentlich keine Sorgen machen musste. Er kämpfte nicht gegen die Strömung an, sondern überließ sich ihr, wie eine Feder.
Trotzdem versuchte sie ihm klarzumachen, dass es besser sei, ans Ufer zurückzuschwimmen. Doch Yannis war wie berauscht; er schien sie weder zu hören noch zu sehen. Das Wasser war jetzt sehr kalt. Sie mussten den Strand weit hinter sich gelassen haben.

Plötzlich sah Melina jenseits der Klippen eine gewaltige dunkelblaue Linie; eine riesige Brandungswelle kam auf sie zu und ein enormes Pfeifen, Gurgeln und Rauschen erfüllten die Luft. Melina hatte das furchtbare Gefühl, dass die blau glitzernde Wassermasse das Sonnenlicht löschte. Sekundenlang hing die Welle über ihr, wie von der Kraft des Himmels im Gleichgewicht gehalten. Dann erfasste die Brandung sie, hob sie in Schwindel erregende Höhen. Das Tosen war ohrenbetäubend.
Und Melina sah Yannis' Gesicht: Es war von keiner Furcht entstellt, sondern strahlte. Wie aus unendlicher Ferne fiel die Welle auf sie herab, wirbelte sie herum; überall Schaum und dunkelblaues Wasser. Dann, mit einem einzigen Schub, gab die Welle sie wieder frei, trug sie dem Strand entgegen.
Während Melina noch halb benommen in der Brandung schaukelte, sah sie neben sich Yannis auf dem Rücken des Delfins. Der Tümmler schwamm ganz nah an Melina heran, sodass sie seine Rückenflosse ergreifen konnte. Sie fühlte sich hart und rau an;

Melinas Hand scheuerte sich daran wund. Aber für ein paar berauschende Augenblicke wurde sie durch die Wellen gezogen, bis der Delfin eine plötzliche Wende machte. Die Flosse entglitt Melinas Hand. Die Geschwister fielen mit lautem Aufklatschen ins Wasser. Schon tauchte Yannis prustend und spuckend wieder auf und Melina spürte Boden unter ihren Füßen. Als sie sich keuchend aufrichtete und über das Meer spähte, war der Delfin verschwunden.

Erschöpft ließ sie sich in den Sand fallen und wälzte sich auf den Rücken. Sie blinzelte ins grelle Sonnenlicht, presste die Hände auf die Augen. So lag Melina eine Zeit lang da. Yannis neben ihr atmete geräuschvoll. Da hörte sie eine Stimme, ganz in der Nähe. Sie fuhr zusammen, schlug die Augen auf. Sie sah im Gegenlicht eine Gestalt und setzte sich erschrocken hoch.

Vor ihr stand Kosta und er grinste. Melina grub die Zähne in die Unterlippe. Ihre ganze Freude war verflogen. Sie fühlte sich wie beschmutzt.

»Hau ab!«, sagte sie.
Kosta rührte sich nicht.
»Warum nimmst du ihn mit ins Wasser?«, fragte er.
Melina nahm ihr kleines Handtuch, rubbelte Yannis ab und zog ihm seine Sachen an.
»Er lernt schwimmen.«
Kosta tippte sich bedeutungsvoll an die Stirn. »Mach keine Witze! Jeder weiß doch, dass Yannis verrückt wurde, weil sein Bruder ertrunken ist! Ach, übrigens . . .« Sein Grinsen verstärkte sich. »Du bist ja gar nicht mehr so dünn, wie ich dachte!«
Melina sah an sich herunter. Annas Badeanzug, der immer noch etwas zu groß für sie war, hing herunter und gab ihre Brust frei. Melina spürte, wie ihr das Blut in den Kopf schoss. Sie zog hastig an den Trägern.
»Verschwinde! Lass mich in Ruhe!«
Doch Kosta meinte ungerührt: »Der Strand gehört meinem Vater. Das ist mein gutes Recht, hier zu sein!«
Melina gab keine Antwort, aber Yannis warf sein nasses Haar aus der Stirn und knurrte.

Speichelblasen zeigten sich auf seinen Lippen. Kosta brach in Lachen aus.
Da bückte sich Yannis voller Wut und schleuderte ihm eine Hand voll Sand ins Gesicht.
Kosta wich erbost zurück, rieb sich die Augen. »Der ist richtig reif für die Klapsmühle!«
Plötzlich gab es hinter ihnen ein Geräusch; es klang wie das Rasseln trockener Steine. Melina und Kosta wandten den Kopf.
Im Schatten der Klippen erschien ein Maulesel, auf dem ein Mönch des Arkadi-Klosters saß. Der graubärtige Alte trug eine schmutzige Kutte und seine Kappe saß schief.
Melina sprang hoch und zog schnell ihr Kleid über ihren Badeanzug. Der Mönch ritt schwankend an ihnen vorbei, streifte sie mit einem glasigen Blick. Melina und Kosta grüßten, wie es sich gehörte. Der Mönch wackelte mit dem Kopf und deutete mit der Hand einen Segen an.
»Der ist seit zwei Tagen stockbesoffen«, sagte Kosta. »Und jetzt hat er dich im Badeanzug gesehen und muss die ganze Nacht beten!«

Melina nahm wortlos Yannis' Hand und lief mit ihm den Weg hinauf. Sie fühlte, dass Kosta hinter ihr hersah. Jetzt, wo er das Geheimnis kannte, würde es bald das ganze Dorf wissen.

15. Kapitel

Die Mutter kochte das Abendessen. Dabei lief ihr der Schweiß über das Gesicht. Sie hatte den ganzen Tag im Olivenhain gearbeitet und klagte über Rückenschmerzen.

Manchmal beugte sie ihren Körper vor, stützte das Gewicht auf ihre Hände, oder sie fuhr mit dem Taschentuch in den Ausschnitt ihres Kleides. Sie schalt Melina in ihrer gewohnt sanften Art.

»Heilige Jungfrau! Womit habe ich diese Tochter verdient? Ich arbeite, bis meine Knochen lahm sind, und sie rührt keinen Finger. Die Mädchen heutzutage sind zu nichts zu gebrauchen. Ach, wie soll das nur werden?«

Melina achtete kaum auf das, was sie sagte. Ihre Mutter redete immer auf die gleiche Weise, wenn sie müde war.

Der Vater saß draußen in der Abendkühle. Er rief nach Melina. Sie sollte ihm die Stiefel von den Beinen ziehen. Dann ließ er sich ein Becken Wasser und ein Handtuch bringen.

Jetzt stand die Mutter am Herd. Sie stöhnte und rieb sich den Rücken. »Ich habe solche Schmerzen, Kind. Gleich musst du mir den Rücken einreiben. Ach, wie gut, dass morgen Sonntag ist! Da, nimm den Käse und bringe ihn deinem Vater. Er hat schon zweimal gerufen.«

Melina biss sich auf die Lippen. Ich will nicht werden wie sie!, dachte sie, während sie mit dem Käse nach draußen ging. Sie musste immer wieder an Kosta denken.

Sie kannte ihn gut; er würde niemals den Mund halten! Morgen nach dem Gottesdienst würde Petros erfahren, dass seine Tochter sich am Strand herumtrieb. Was nützte es, wenn sie ihm erzählte, dass Yannis seine Wasserscheu überwunden hatte, dass er mit den Delfinen schwamm und im Meer glücklicher war als irgendwo sonst? In Vaters Augen zählte nur, dass sie sein Verbot missachtet hatte.

Zurück in der Küche, beobachtete sie still, wie Evangelia mit Töpfen und Pfannen hantierte. Es war dunkel geworden. Melina drehte den Lichtschalter. Im trüben Schein der Birne, die von der Decke baumelte, sah sie Yannis' Gesicht. Er gähnte schläfrig, rieb sich die Augen. Er war müde vom Tauchen. Die Murmel beachtete er nicht mehr, seitdem er das Meer kannte. Und nachts schlief er tief wie jedes andere Kind.

Melina seufzte. Ob die Mutter helfen konnte? Ich muss mit ihr reden, dachte sie.

Die Gelegenheit bot sich später, vor dem Schlafengehen. Melina hatte Yannis ins Bett gebracht. Da rief die Mutter.

Sie saß auf dem Bett, unter der Ikone mit dem brennenden Nachtlicht. Ihr schönes, dunkles Haar fiel auf ihren schmalen Hals. Das Gesicht der Mutter und ihre Hände waren gealtert; doch als sie ihre Bluse aufknöpfte, sah Melina, wie glatt und weiß ihre Haut noch war. Sie trug einen Büstenhalter mit breiten Trägern, der rote Druckstellen auf ihren Schultern hinterließ. Melina roch den säuerlichen Schweißgeruch, während sie den Wundbalsam aus Kampfer und Minze auftrug und ihren Rücken massierte. Die Mutter seufzte; ein pfeifendes, keuchendes Stöhnen.

»Bist du krank?«, fragte Melina besorgt.

»Ich bin bloß müde.« Die Mutter bewegte den Kopf hin und her, als ob er zu schwer wäre. »Ich bin ja nur immerzu auf den Beinen gewesen.«

»Schlaf doch.«

»Ich muss noch die Ziege melken. Hör nur, wie sie meckert!«

Melina schluckte.

»Mama, ich muss dir etwas sagen. Es handelt sich um Kosta.«

Die Mutter hob ruckartig den Kopf.

»Kosta? Der Sohn von Manolakis? Dieser Taugenichts! Sag schnell, was hat er getan!«
Und Melina schilderte stockend ihre Begegnung am Strand.
Evangelias dunkle Augen vergrößerten sich wie immer, wenn sie erschrocken war.
»Schäm dich!«, flüsterte sie rau. »Er hat dich nackt gesehen!«
»Er sollte sich schämen!«, zischte Melina empört zurück. »Was fällt dem ein, mich dauernd zu bespitzeln?«
Die Mutter schüttelte den Kopf.
»Ich hab dir schon oft gesagt, du sollst nicht so viel an den Strand gehen. Du bist kein kleines Mädchen mehr. Es ist wichtig, dass die Jungen nicht schlecht von dir reden.«
Melina fühlte einen Stich in der Brust. Merkwürdig, dachte sie, wenn Mama solche Dinge sagt, kommt sie mir wie eine Fremde vor.
»Und Yannis –«, fuhr Melina fort, »Kosta sagt, er ist bekloppt. Er ist es aber nicht! Er taucht und schwimmt jetzt besser als ich. Der Delfin hat es ihm beigebracht.«
Ihre Kehle wurde plötzlich rau. »Oh, Mama!

Es ist ein Wunder! Wenn du es nur mit eigenen Augen sehen könntest! Yannis wird wieder gesund. Wir müssen ihm nur noch etwas Zeit lassen.«

Evangelia fuhr sich mit der Hand über die feuchte Stirn.

»Es stimmt schon. Er ist anders geworden. Ich weiß ja, Kind, du tust das alles nur für ihn. Aber die Leute sollen keinen falschen Eindruck von dir haben. Denk an deinen Vater! An seine Ehre.«

»Seine Ehre?«

Melina spuckte die Worte heraus. »Was habe ich mit seiner Ehre zu tun?«

Rasch legte ihr die Mutter die Hand auf den Mund. »Still! Dass er dich nie so reden hört!«

Ihre Hand fiel kraftlos herab.

Melina holte tief Luft, starrte in das blasse Gesicht der Mutter.

»Domitia wäre das egal gewesen«, stieß sie leise hervor. »Sie würde jetzt tun, was sie für richtig hält.«

Evangelia nickte vor sich hin.

»Ja, du bist wie sie. Du lässt dich nicht

einschüchtern. Oh, diese Ziege! Ihr Meckern macht mich noch ganz verrückt.«
»Leg dich hin, Mama«, sagte Melina. »Ich werde sie melken.«
Evangelia seufzte tief und lehnte sich zurück. Melina bückte sich, zog ihr die Schuhe aus, rollte ihr die verschwitzten Strümpfe über die Waden.
Dann hob sie die Beine der Mutter an und legte sie aufs Bett.
»Schlaf nur! . . . Schlaf!«
Evangelia bewegte mühsam die Lippen.
»Dein Vater will seinen Kaffee. Und das Geschirr steht auch noch auf dem Tisch . . .«
Melina streichelte ihre Hand. »Sei ruhig, ich mach das schon.«
Im Licht der kleinen Lampe sah sie, dass die Mutter die Augen schon geschlossen hatte. Ein seltsames Gefühl befiel sie, eine Mischung aus Mitleid, Liebe und Kummer. Sie kam sich wie eine Erwachsene vor, die ein müdes, früh gealtertes Mädchen tröstete.
»Schlaf!«, sagte sie. »Ich bin ja da . . .«
Sie wiederholte leise die Worte, bis der Vater

plötzlich unten rief, wann er denn endlich seinen Kaffee trinken könne.

Evangelia rührte sich nicht mehr; ihr Atem ging tief und gleichmäßig.

Als Melina zur Tür ging, war sie fest eingeschlafen.

16. Kapitel

Die kühle Dämmerung war vom Duft des Weihrauchs erfüllt. Die verblassten Wandmalereien zeigten die vier Erzengel, mit strengen Zügen und wehenden Haaren. Und im Altarraum stand die Gottesmutter, das Gesicht golden, der schwarze Umhang sternenfunkelnd. Eine gewaltige Messinglampe hing vor ihr, deren Licht durch den nebligen Dunst schimmerte.

In der Kirche saßen wie immer Frauen und Männer getrennt. Die älteren Frauen trugen Schwarz, die jüngeren bunte Sonntagskleider. Die Männer wirkten steif und linkisch in ihren dunklen Anzügen. Doch einige waren in der Inseltracht erschienen: Pluderhosen, Stiefel, weißes Hemd mit breiten Ärmeln; auf dem Kopf ein schwarzes Tuch mit kleinen, in die Stirn fallenden Quasten. Der Pope verneigte sich vor dem Altar, sprach mit wohlklingender, tiefer Stimme die Gebete. Die Gläubigen schlugen das Kreuzzeichen.

Melina kniete neben der Mutter, während Yannis auf dem Boden saß und in die bunten Fenster starrte. Manchmal hob er die Hand, formte ein Rohr mit den Fingern, durch das er das Licht betrachtete. Wenn gesungen wurde, rührte er sich nicht, blickte verzückt und wie geistesabwesend empor.

Melina hatte ihr weißes Kopftuch fest in die Stirn gezogen. Sie hielt den Kopf gesenkt und murmelte die Gebete, wenn alle beteten. Doch die Angst schnürte ihr die Kehle zu. Sie zwang sich, ruhig zu bleiben, sich nichts von ihrer Furcht anmerken zu lassen.

Plötzlich spürte sie einen Blick wie eine Berührung. Unwillkürlich hob sie den Kopf. Sie suchte die Reihen der Männer ab, bis sie Kostas spöttische Augen sah. Melinas Herz schlug so hart, dass ihr die Luft wegblieb. Sie wandte rasch das Gesicht ab und biss sich auf die Lippen. Die Gemeinde sang ein altes Lied zu Ehren der Gottesmutter. Die hellen, klaren Stimmen der Frauen mischten sich in die tiefen, kräftigen der Männer.

Melina dachte an das Meer, an die kleinen und großen Wellen, an das blau funkelnde Licht, an den Tanz der Delfine. Sie sehnte sich so nach dieser anderen Welt. Die Menschen machten ihr auf einmal Angst. Sie fürchtete sich vor ihrer Dummheit und ihrer Gewalttätigkeit. Die Dorfbewohner sangen, und Sonnenstrahlen leuchteten durch die Kirchenfenster. Melina seufzte. Wäre sie doch jetzt im Meer . . .

Dann war der Gottesdienst vorbei. Die Kirchenbesucher versammelten sich draußen auf der Treppe. Man redete und lachte. Motoren knatterten, Autos hupten. Touristen schlenderten mit Fotoapparaten und Videokameras über den Platz. Einige richteten sie jetzt auf das Kirchenportal. Doch die Dorfbewohner ließen sich nicht stören. Die Männer standen in Gruppen herum, spielten mit ihren Ketten aus Bernsteinkugeln. Dann machten sie sich auf den Weg in die Kaffeehäuser, um Anisschnaps zu trinken und stundenlang zu diskutieren.

Inzwischen begaben sich die Frauen nach Hause, um das Mittagessen vorzubereiten.

Evangelia ging mit ihrer Kusine Irene, der Frau des Gemeindeschreibers. Melina schloss sich ihnen an. Sie zog Yannis an der Hand hinter sich her.

Irene trug nur Schwarz und hielt sich auffallend gerade. Sie hatte ein Muttermal zwischen den Augenbrauen, das ihrem Aussehen etwas Strenges, fast Gebieterisches gab. Es hieß, dass sie in ihrer Jugend sehr schön gewesen sei.

»Ich habe die Lehrerin noch kein einziges Mal in der Kirche gesehen«, bemerkte Evangelia.

Irene rückte ihr baumwollenes Kopftuch zurecht. »Die geht an den Strand oder wandert in die Berge.«

Ein Schimmer von Neugierde erschien auf Evangelias Gesicht. »Mit einem Mann?«
»Sie scheint keinen zu haben. Wenigstens nicht hier. Sie bekommt Post aus dem Ausland. Natürlich klatscht man über sie.«
Melina wartete vergeblich darauf, dass Irene weitersprach. Schließlich hielt sie es nicht mehr aus. »Sind die Briefe von ihrem Freund?«
»Mutter Maria!« Tante Irene gab ihr einen Klaps auf den Kopf. »In deinem Alter hätte ich mich nie getraut so vorwitzig zu sein! Glaubst du, ich lese ihre Post?«
»Was sagt man denn über sie?«
»Ich habe Ohren, damit ich hören kann. Aber du hast noch keinen Verstand, um zu begreifen.«
Melinas Wangen brannten.
»Ich finde es gut, so wie sie ist!«
»Das meinst du«, brummte Tante Irene. »Mir wurde gesagt, dass sie mit ihren komischen Ideen den Schülern Flausen in den Kopf setzt.«
An der Kreuzung küssten sich die beiden Frauen, bevor sie sich trennten.

In der brütenden Hitze gingen Melina, Evangelia und Yannis nun den Weg hinauf zu ihrem Haus.
Nach einer Weile brach die Mutter das Schweigen. »Mir ist aufgefallen, dass Kosta dich angestarrt hat.«
Melina biss die Zähne zusammen und gab keinen Ton von sich.
»Auf die Dauer kommt nichts Gutes dabei heraus.«
Melina vermied es, die Mutter anzusehen.
»Geh lieber nicht mehr an den Strand!«
Melina schüttelte nur stumm den Kopf.
Die Mutter sprach nicht weiter davon. Denn Melina schwieg hartnäckig, während Evangelia das Mittagessen zubereitete. Es sollte Kartoffeln geben und Hammelfleisch.
Yannis wurde jetzt sehr unruhig. Und bald war sein Bewegungsdrang nicht mehr zu bändigen. Er lief Runden auf dem Hof, schlug mit beiden Armen wild um sich und starrte dabei in die Sonne.
Melina lief hinter ihm her, fing ihn auf, wenn er stolperte. Mavros zerrte an der Kette, bellte

und jaulte. Und die Mutter rief, dass der Lärm ja nicht mehr zu ertragen sei.
Yannis benahm sich wie ein Besessener. Melina wusste, dass er die springenden Delfine nachahmte. Sie gehen ihm nicht aus dem Kopf, dachte sie. Er will mit ihnen spielen und schwimmen. Jetzt brüllt er auch noch. O Gott! Er dreht völlig durch, wenn er hier noch länger bleiben muss. Die einzige Möglichkeit, ihn zu beruhigen, war, mit ihm an den Strand zu gehen. Melina war verzweifelt. Sie wusste, das ging nicht. Der Vater würde jeden Augenblick hier sein.

Er kam, als das Essen fertig war. Sie sah ihn durch das Tor stampfen. Das Schlimmste stand ihr noch bevor.
»Geh ins Haus!«, sagte er brüsk.
Seine Stimme klang dumpf. Melina fiel plötzlich auf, dass Yannis nicht mehr im Kreis rannte, sondern atemlos neben ihr stand. Sein Gesicht war verschwitzt und staubig und über sein Kinn lief eine lange Schramme. Er schaute den Vater an. Als Melina wortlos

ihre Füße in Bewegung setzte, trottete er neben ihr her.
Petros wartete, bis Melina im Haus war, und schloss dann ruhig die Tür.
Ich kann es ertragen, dachte Melina. Ich werde es ertragen. Ich gebe nicht nach. Niemals. Sie hob das Kinn, starrte ihren Vater an, ohne ein Wimpernzucken.
Hätte sie sich geduckt, hätte er vielleicht nicht so hart zugeschlagen. Es war ihr Blick, ihre Haltung, die seinen Zorn noch stärker anfachten. Er schlug ihr ins Gesicht und sie wich dem Hieb nicht aus. Es hätte ja doch nichts genützt. Sie sah eine Funkengarbe durch ihr Gehirn zucken und dann eine schwarze, herabfallende Wolke.
Jemand schrie. Sie selbst war es nicht. Dieser schrille Heulton kam nicht von ihr. Sie lag am Boden und spürte ein Gewicht, das sie fast erstickte. Es war Yannis, der sich auf sie geworfen hatte, um sie mit seinem Körper zu schützen. Der Vater packte ihn, so wie er einen kleinen Hund oder einen Hasen gepackt hätte, schleuderte ihn weg und trat sie

in den Magen. Sie krümmte sich zusammen, schützte sich mit Armen und Knien.

Ich kann es ertragen. Ich werde es ertragen. Ich bin stärker als er.

Evangelia klammerte sich an Petros' Arm, hielt ihn mit aller Kraft zurück. Melina hörte sie schreien: »Heilige Muttergottes! Bist du wahnsinnig? Du tötest ja das Kind!«

Endlich ließ er von ihr ab, keuchend, mit glasigem Blick. Und dann berichtete er, was die Männer im Kaffeehaus über Melina erzählten: Dass sie ihren geisteskranken Bruder in Gefahr gebracht habe, um sich am Strand herumzutreiben. Dass sie die Jungs herausgefordert und sich vor den Augen eines ehrwürdigen Mönches mit entblößter Brust gezeigt habe.

»Das sagen sie über meine Tochter. Meine eigene Tochter! Ich, Petros Pavelis, muss auch hören, wie sie mich bedauern. Doch sobald ich ihnen den Rücken zukehre, lachen sie über mich.«

Er spuckte jedes Wort aus, als schmecke es besonders bitter. Melina hörte, wie er noch sagte, dass die Lehrerin einen schlechten Einfluss auf sie hätte.

»Sie will alles verändern, stellt die Traditionen in Frage. Wie soll da der Anstand gewahrt bleiben? Aber warte nur ab. Du wirst jetzt zu Hause bleiben und deiner Mutter helfen, wie es sich gehört. Und wenn du noch einmal an den Strand gehst, breche ich dir sämtliche Knochen!«

»Petros, beruhige dich doch!«, schluchzte Evangelia. »Sie hat doch nur versucht Yannis das Schwimmen beizubringen.«

»Sie hat ihn den Brandungswellen überlassen!«, brüllte Petros. »Kosta Manolakas hat alles mit angesehen! Auch der Junge kommt mir nicht mehr aus dem Haus. Um nichts auf der Welt! Ich binde ihn fest, damit er nicht mehr im Hof schreit, damit er . . .«

Melina hatte zwar das Gefühl, als sei ihr Kopf in Watte gewickelt. Aber sie merkte dennoch, was in Yannis vorging. Dass er die Worte seines Vaters verstand.

Seine Lippen waren bläulich verfärbt. Er verrenkte sich auf eigentümliche Art, als er auf

Petros blickte. Seine Augen waren nicht starr, sondern blitzten vor Wut. Eine kurze Zeit lang bewegte er ein Bein hin und her, als wollte er einen Sprung machen. Dann, plötzlich, stürzte er zur Haustür. Seine Finger fanden den Riegel, rissen die Tür auf. Er lief nach draußen, rannte wie ein kleiner brauner Schatten auf das Tor zu und war schon verschwunden, als Mavros hinter ihm herbellte.

Die Mutter stieß einen Schrei aus. Sie starrte den Vater an. »Da siehst du, was du angerichtet hast! Jetzt hat er Angst bekommen! Um Gottes Erbarmen! Was nun?«

»Yannis, komm zurück!«, rief der Vater. »Komm sofort zurück!«

»Du bist schuld! Nur du!«, kreischte Evangelia.

»Yannis!«, wiederholte der Vater mit heiserer Stimme.

Melina fühlte keinen Schmerz. Und auch ihre Wut war plötzlich verflogen. Sie zwängte sich am Vater vorbei, wankte durch den Hof und lief den Weg zum Strand hinunter.

Yannis hatte bereits einen großen Vorsprung. Dass er solche Kraft haben konnte. Er rannte immer noch in einiger Entfernung vor ihr her, als Melina mit dem Fuß gegen einen Stein stieß und der Länge nach hinschlug. Doch sie raffte sich wieder auf. Ihr Knie war aufgeplatzt und blutete. Humpelnd lief sie weiter.
Yannis war schon zwischen den Kalksteinen verschwunden. Ein brauner Pelikan flatterte aufgeregt hoch. Vollkommen ausgepumpt erreichte Melina schließlich die Klippen. Und da sah sie ihn wieder. Yannis war schon am Strand, schlug Haken wie ein verfolgter Hase. Und seine dünnen Beine bewegten sich immer noch mit der gleichen Geschwindigkeit. Melina sah, wie er sich die Kleider vom Leib riss, über den feuchten Sand dem Meer entgegenlief.

17. Kapitel

Als Melina den Strand erreichte, entfernte sich Yannis bereits mit kräftigen Schwimmstößen vom Ufer. Er hielt immer wieder das Gesicht unter Wasser. Sie wusste, dass er den Delfin suchte.
Mit zitternden Händen knöpfte sie ihre Bluse auf, streifte ihren Faltenrock über die Beine. Dann warf sie sich in den Tümpel. Das kühle Wasser beruhigte ihre Schmerzen. So schnell sie konnte, kraulte sie hinter Yannis her.
»Yannis!«, schrie sie. »Warte!«
Er hörte sie nicht oder wollte sie nicht hören. Sie schnappte keuchend nach Luft, während

die Wellen heftig schwappten und schaukelten. Der Wind trug ihr Yannis' Freudenschrei entgegen. Der Delfin war aufgetaucht und mit ihm ein ganzer Schwarm. Im grünen Dunst der oberen Wasserschichten sah Melina sie – mindestens ein Dutzend Tümmler. Sie schwammen im Kreis, wendeten geschmeidig und hüpften durch die Wellen. Melina schwamm auf sie zu. Yannis ließ sich nun auf dem Rücken treiben, wandte entzückt den Kopf nach allen Seiten. Und auch Melina hatte ihre Schmerzen längst vergessen. Märchenhaft war das: das schäumende Meer, der weite, klare Himmel und um sie herum die spielenden Delfine.

Ihre Schallwellen prickelten leicht auf der Haut. Sie quakten, gurrten und schnatterten, ja sogar Töne wie von einer Flöte waren zu hören. Melina sah in ihren Augen Neugierde, Freundlichkeit und Gutmütigkeit. Die schnabelähnlichen Mäuler schienen immer zu lächeln.

Sobald Melina und Yannis ihren Arm ausstreckten, um die Tiere zu berühren, wichen

sie nicht aus, sondern kamen zutraulich näher, um sich streicheln zu lassen.
So legten sie, ohne es zu merken, eine ziemlich große Strecke zurück.
Unter Wasser zogen nun eigentümliche Felsen vorbei, tief gespalten und messerscharf gezackt, manche weiß gerändert wie Eiszapfen. Melina wusste, sie schwammen den Klippenzug entlang, der weit in die Bucht hinausragte. Hier gab es viele Grotten und Höhlen, in denen Seeschwalben und Strandläufer nisteten. Früher waren sie ein beliebtes Ausflugsziel gewesen.
Doch dann hatte es dieses Unwetter gegeben. Riesige Wellen waren in die Grotten eingebrochen und hatten sie überschwemmt. Und einige Tage später wurden Leichen am Strand gefunden, Touristenleichen. Seitdem waren die Grotten gesperrt. Nur selten wagten sich einheimische Jungen auf ihren Streifzügen hinein. Sie kamen bald wieder zurück. Ohne eine gute Taucherausrüstung hatte hier niemand eine Chance.
Daran musste Melina denken, während sie

mit den Delfinen an den Klippen entlangschwamm. Die Tiere passten sich der Strömung an, stiegen und fielen im Rhythmus der Wellen. Alles war so friedlich, so voller Schönheit. Die Heiterkeit der Delfine verwandelte jeden bösen Gedanken in Unbeschwertheit und Fröhlichkeit. Und als Yannis sich plötzlich wieder auf den Rücken seines Freundes schwang, lachte Melina vor Vergnügen laut auf. Der Tümmler drehte seine Kreise mit ihm, mal unter Wasser, mal an der Oberfläche. Unterdessen glitt ein anderer Delfin – ein größeres Tier, das fast dunkelblau schimmerte – dicht an Melina heran. Sie umklammerte ihn mit Armen und Beinen und ließ sich von ihm tragen.

Plötzlich stieß er einen tiefen, schnaufenden Laut aus. Melina merkte, dass er tauchen wollte. Eigentlich hätte sie jetzt loslassen sollen. Doch wie gebannt klammerte sie sich fester an ihn, füllte ihre Lungen mit Luft und glitt mit dem Tier in die Tiefe. Die Oberfläche des Meeres schloss sich über ihrem Kopf. Luftblasen gurgelten an ihren Ohren.

Felsformationen, mit Tang bewachsen, zogen vorbei: eine geheimnisvolle Unterwasserlandschaft, eine unbekannte Welt. Melina spürte neben sich die anderen Delfine, sie hörte und fühlte ihre akustischen Signale, sah das Licht auf ihren Rücken spielen. Und auf einmal schwamm Yannis ganz nah an ihr vorbei. Der kleine Junge klammerte sich an seinen Delfin wie ein Reiter an sein Pferd. Seine Augen waren weit offen, sein Haar schimmerte fast grünlich im Meereslicht. Ein Bild wie aus einem Traum.

Doch schon bald brannten Melinas Lungen, Flecken tanzten vor ihren Augen und dehnten sich zu flackernden Kreisen aus. Ein geheimnisvoller sechster Sinn sagte dem Delfin, dass ihre Kräfte schwanden. Mit geschmeidigen Drehungen schwamm er aufwärts, tauchte so schwungvoll an die Oberfläche, dass er halb aus dem Wasser schoss. Melina ließ ihn los, warf sich keuchend auf den Rücken und atmete stoßweise. Dann drehte sie sich erschrocken herum, hob den Kopf und spähte nach allen Seiten.

»Yannis!«, rief sie angsterfüllt. »Yannis! Wo bist du?«
Einige bange Sekunden vergingen. Dann endlich sprang in einer Wasserfontäne ein großer, dunkler Leib aus dem Meer. Yannis hielt sich an ihm fest mit Armen und Beinen. Sein kreischendes Lachen mischte sich in das Rauschen der Wellen. Er hämmerte mit den Füßen an die Flanken des Delfins, als ob er ihm befehlen wollte, das Spiel zu wiederholen.
Der Delfin verstand sofort. Er schnatterte fröhlich und wackelte mit dem dicken Kopf, wobei Wasser nach allen Seiten aufspritzte. Yannis holte tief Atem; er tat es auf eigentümliche Art, mit kleinen, pfeifenden Geräuschen. Und sofort merkte der Delfin, dass der kleine Junge bereit war. Er ließ sich gemächlich absinken und verschwand mit dem Bruder in der glitzernden Tiefe.

18. Kapitel

Melina empfand weder Unsicherheit noch Angst. Sie merkte, dass ihr Delfin ebenfalls tauchen wollte. Er schnaufte sehr lange, um ihr vorher genügend Zeit zu geben. Nachdem auch sie ihre Lungen bis zum Äußersten gefüllt hatte, überließ sie sich dem Sog, der sie erfasste. Umgeben von gurgelnden Wasserbläschen, ging es hinab.

Die anderen Tümmler glitten an ihr vorbei. Sie beneidete Yannis um seine Fähigkeit, so lange unter Wasser bleiben zu können.

Dann fiel ihr auf, dass die Tiere auf eine Felswand zuschwammen, die aus unvorstellbarer Tiefe emporwuchs. Und sie sah, wie sich der Delfin mit Yannis einem dunklen Loch in der Wand näherte und plötzlich verschwunden war. Bevor sich Melina bewusst wurde, was da geschah, schwamm ihr Delfin ebenfalls dort hinein. Fast im selben Augenblick waren sie von brodelnder Finsternis umgeben.

Melina überfiel Todesangst. Die Delfine mochten kluge Wesen sein; aber woher sollten sie wissen, dass Menschen nur für kurze Zeit ohne Luft auskommen?

Jetzt ist es so weit, schoss es durch ihren Kopf, jetzt sterben wir!

Dennoch begriff sie, dass der Tümmler sie mit rasender Geschwindigkeit durch eine Art Stollen trug, der völlig unter Wasser lag. Mit letzter Kraft presste sie sich an den kalten Leib des Delfins. Die Wassermassen donnerten, der tosende Druck war kaum auszuhalten. Melina war es, als platzte ihr das Trommelfell. Stechender Schmerz durchzuckte ihre Schläfen. Wie gut, dass sie so eine versierte Schwimmerin war, sonst hätte sie die-

se Fahrt durch die Finsternis wohl kaum überstanden.
Schon schienen ihre Lungen zu bersten, als es plötzlich heller wurde und der Delfin mit klatschendem Sprung aus dem Wasser tauchte.
Kraftlos röchelnd und halb ohnmächtig, ließ Melina die Luft in ihre Lungen strömen. Trotz der Kälte brach ihr der Schweiß aus. Alle Muskeln in ihrem Körper zitterten. Endlich bekam sie ihren Atem wieder unter Kontrolle und sah Yannis neben sich im schwarz glitzernden Wasser schnaufen und prusten.
Die Delfine schwammen im Kreis, sie pfiffen und schnatterten übermütig. Der Lärm hallte wie in einem riesigen Trichter. Zwischendurch war ein geheimnisvolles Plätschern und Gurgeln zu hören.
Melina spürte Boden unter den Füßen. Tief atmend richtete sie sich auf. Sand und Scherben klebten an ihren Handflächen und Knien. Sie packte Yannis am Arm und zerrte ihn aus dem Wasser. Dann erst sah sie sich um.

Sie befanden sich in einer riesigen Grotte. Melina spürte einen Luftzug auf der nassen Haut. Es gab also irgendwo eine Verbindung nach oben. Außerdem war die Höhle nicht vollständig finster. Durch irgendeinen Spalt kam Licht und verbreitete einen schwach schimmernden, goldenen Nebel, in dem seltsame Figuren flimmerten.
Allmählich gewöhnten sich Melinas Augen an das Zwielicht. Nein, diese Figuren waren keine Täuschung, sondern Teile von Wandmalereien. Und diese Wand da sah aus wie gemauert. Und hier waren Teile einer Säule. Wo waren sie? In einem Palast?
Es war eiskalt in der Grotte. Yannis verschränkte schlotternd die Arme. Aber auch er starrte gebannt auf die Fresken. Melina staunte über die Farben, so frisch und leuchtend sahen sie aus. Dabei mussten diese Malereien doch sehr alt sein. Sie erinnerten an die Bilder aus dem alten Kreta, die Stella Vlachos im Geschichtsunterricht gezeigt hatte.
Melina sah Geparden, Pfauen, Tintenfische

und Kraniche, aber auch Menschen. Da tanzten Mädchen und Burschen einen Reigen; sie trugen Schmuck und waren mit Mohnblumen bekränzt. Ein Kind spielte Flöte, ein alter Mann eine Leier.

Plötzlich stockte Melina der Atem: Auf einem Bild, halb hinter einem Felsblock verborgen, waren lachende Kinder zu sehen, die auf Delfinen ritten. So voller Unbefangenheit und Lebensfreude sahen sie aus, dass Melina fast die Tränen kamen. Als sie näher trat, um besser zu sehen, stieß ihr Fuß an eine große Vase, die mit Seesternen und Lilien bemalt war. Sie musste lange im Wasser gelegen haben, denn die Farben waren verblasst.

Yannis bückte sich, hob sie auf. Als er sie schüttelte und umdrehte, gab es ein klirrendes Geräusch und ein kleiner Gegenstand fiel Melina vor die Füße. Sie sah etwas Goldenes im feuchten Sand blitzen und griff danach: Es war ein Ring, so schwer, dass sie sein Gewicht deutlich auf der Handfläche spürte. Ein Ring aus zwei Delfinenleibern. Der eine

bog sich nach oben, der andere nach unten und die verschlungenen Körper bildeten den Ring.
Yannis betrachtete zuerst das Schmuckstück, dann Melina. Ganz erwartungsvoll leuchteten die Augen. Er wollte, dass sie den Ring überstreifte. Sie tat ihm den Gefallen. Für den Ringfinger war der Schmuck zu weit, doch für den Mittelfinger schien er wie geschaffen. Sie wusste, dass sie ihn nicht behalten durfte. Dieser Fund gehörte ins Museum. Doch jetzt freute sie sich ihn eine Zeit lang tragen zu können.
Sie bedeutete Yannis, die Vase wieder behutsam auf den Boden zu legen. Verschiedene andere Vasen und Gefäße waren halb im Sand vergraben. Manche lagen in Scherben herum, aber erstaunlich viele schienen unversehrt. Einige waren größer als ein erwachsener Mensch.
Die Dorfbewohner wussten nichts von dieser Grotte; sonst hätten sie längst ein Museum für die Funde eingerichtet, um damit Geld zu verdienen. Melina ahnte, dass sie eine Ent-

deckung von unschätzbarem Wert gemacht hatten. Vor ihr lag der untere Teil einer Säule, ein riesiger, runder Block. Als sie vorsichtig das Hindernis umging, erblickte sie dahinter eine Öffnung. Ein paar Steinstufen führten in einen halb verschütteten Gang, aus dem es nach Schlamm, verwesenden Algen und modrigen Gewässern roch. Zwischen Schutt und Steinen glänzten verschiedene Kelche und Gefäße, mit Löwen- und Greifenköpfen als Henkel.

Melina schluckte befangen. Wohin führte dieser Gang? Welche Geheimnisse lagen dort unten verborgen?

Doch es konnte gefährlich sein, sich tief in das Gewölbe zu wagen. Das Meer war ganz nahe. Das Tosen der Brandung und das Aufklatschen der Wogen auf die Felsen waren deutlich zu hören. Es hatte sich seit einigen Augenblicken sogar noch verstärkt; die ganze Höhle schien davon zu erzittern.

Melina wandte sich hastig um. Im Tümpel schlug das tiefschwarze Wasser gurgelnd hoch. Die Delfine schnatterten laut und unruhig und schlugen mit ihren Flossen, als wollten sie eine Warnung weitergeben. Auch das Licht war schwächer geworden.

Etwas Drohendes lag in der Luft. Melinas Herz klopfte hart an die Rippen.

»Weg von hier!«, flüsterte sie. »Schnell!«

Der Klang ihrer eigenen Stimme ließ sie erschauern. Hastig nahm sie Yannis beim Arm, watete mit ihm in das eiskalte Wasser.

Sie vertraute den Delfinen. Nachdem sie ihnen die Grotte gezeigt hatten, würden sie auch dafür sorgen, dass sie wohlbehalten wieder den Weg ins Freie fanden.

Sie hörte Yannis mit den Zähnen klappern und sagte: »Du brauchst keine Angst zu haben!«

Er schüttelte den Kopf. Sie wunderte sich, dass er reagiert hatte, doch sie war viel zu verstört, um darüber nachzudenken.

Schritt für Schritt gingen sie tiefer in das Wasser hinein. Der unsichtbare Sandboden war mit Scherben übersät. Melina verzog das Gesicht, als ein Splitter sie in den Fußballen stach. Doch schon waren die Delfine bei ihnen. Sie glitten dicht an die Kinder heran, schoben sich unter sie, bereit sie zu tragen. Melina und Yannis umklammerten ihre Tümmler. Die Körper der Tiere fühlten sich ebenso kalt an wie das Meer. Aber in ihnen pulsierte Leben, sie hatten Empfindungen und vielleicht sogar Gedanken.

Die Tümmler drehten eine kurze Runde im Tümpel, stießen Luft und Wasser aus ihren Blaslöchern und atmeten tief. Das war die Aufforderung, es ihnen gleichzutun. Noch während Melina ein letztes Mal Luft holte, wurde sie in die Tiefe gerissen.

Und wieder die Dunkelheit, mit Luftblasen gefüllt. Funken knisterten in ihrem Kopf, sprühten und flackerten, formten sich zu einem Wirbel. Der Wasserdruck schien ihren ganzen Körper zu lähmen, während die Delfine wie silberne Blitze durch die Finsternis schossen.

Doch plötzlich wurde es heller. Der Lichtschein kam mit rasender Geschwindigkeit näher; und schon warfen sich die Tiere aus der Stollenöffnung in die offene See hinaus,

der Oberfläche entgegen. Im wirbelnden Schwung tauchten sie aus den Wellen; sie sprangen so hoch in die Luft, dass beide Kinder das Gleichgewicht verloren und ins Wasser klatschten.
Luft füllte Melinas Lungen. Ihr erster Atemzug klang wie ein rauer Schrei. Neben ihr schaukelte Yannis wie eine Puppe in den Wellen, das Gesicht dem Himmel zugewandt, der jetzt purpurfarben glühte. Auch das Meer hatte eine seltsame, fast rötliche Färbung angenommen. Trotz der Windstille rollte die Dünung mächtig gegen die Klippen, so als pflüge eine in den Meerestiefen erwachte Kraft die Wellen um.
Nach der eisigen Kälte der Grotte kam Melina die Luft drückend heiß vor. Die Delfine stießen ihre gurrenden Pfeiflaute aus und näherten sich den Kindern. Sie hatten es wohl eilig, sie an Land zu tragen. Und so klammerten sich Melina und Yannis wieder an ihre Gefährten. Um sie herum schwamm und tauchte der ganze Schwarm.
Die Sonne war schon untergegangen. Das

Meer wogte und brodelte. Melina spürte jetzt ihre Erschöpfung. Alles war so plötzlich gekommen. Sie hatte keine Zeit gehabt nachzudenken. Aber jetzt kamen nicht nur Gedanken, sondern auch die Ängste. Die Eltern mussten doch das Schlimmste befürchten!
Sie hatte jeden Orientierungssinn verloren. Wo lag die Küste? Dort vielleicht, wo die Lichter funkelten?
Wie seltsam! Unzählige Feuerpunkte leuchteten aus der Bucht, aber es waren nicht die Lichter der Fischkutter. Schlagartig wurde Melina die Wahrheit bewusst: Die Eltern glaubten, dass sie im Meer ertrunken waren. Und die vielen Menschen, die da mit Kienfackeln und Taschenlampen den Strand und die Klippen beleuchteten, suchten ihre Leichen.

19. Kapitel

In der Nähe des Strandes machten beide Delfine eine blitzschnelle, kraftvolle Bewegung; Melina und Yannis fielen ins Wasser, das hier nicht mehr tief war. Schon sprangen die Tümmler durch die Wellen, dem freien Meer entgegen. Auf der Wasseroberfläche blieben nur einige Wirbel zurück, die bald verschwanden. Der Wind blies und die Brandung schäumte stärker. Beide Kinder konnten sich kaum noch über Wasser halten.

Yannis schwamm mit unregelmäßigen Bewegungen, den Kopf hoch erhoben, wie ein hechelnder Hund. Seine Zähne schlugen auf-

einander und seine Lippen hatten sich blau verfärbt.
Nicht nur die Müdigkeit lähmte Melina; auch die Angst vor dem Vater. Petros hatte das ganze Dorf aufgeboten, um sie zu suchen. Gleich würde er ihr die ausgestandenen Sorgen mit Schlägen vergelten.
Der Himmel glühte feuerrot und die Klippen lagen schon in tiefem Schatten, aber Melina sah schon die Männer, die die Felsen absuchten, während die Frauen im Hintergrund warteten.
Endlich berührten Melinas Füße festen Grund. Taumelnd richtete sie sich auf. Yannis kroch auf allen vieren. Melina zog ihn hoch, stützte ihn. Sie stolperten bei jedem Schritt.
Einige Männer liefen am Strand entlang. Plötzlich streckte einer den Arm aus, rief ein paar Worte. Sofort hoben alle ihre Fackeln und Taschenlampen, liefen aufgeregt zusammen.
Melina blinzelte; das Licht brannte in ihren Augen. Ihr fiel ein, dass sie nur ihre Unterwä-

sche anhatte; und das vor allen Leuten. Sie versuchte ruhig zu bleiben. Aber alles in ihr war in Aufruhr. Ihre Gedanken kreisten wild durcheinander. O Gott, was nun? Unwillkürlich presste sie Yannis an sich. Seine nassen Arme waren mit Gänsehaut bedeckt. Hoffentlich holte er sich keine Lungenentzündung!

Da ertönte ein Schrei. Eine Gestalt löste sich aus der Gruppe der Frauen, stolperte über den Strand. Es war die Mutter. Sie lief durch die Pfützen, schloss Yannis und Melina in ihre Arme und betastete ihre Glieder mit zitternden Händen, um sich zu vergewissern, dass sie lebten und unverletzt waren.

Melina lehnte die Stirn an ihre Schulter, roch ihren vertrauten Geruch nach Holzkohle, Minze und Schweiß. Yannis dagegen beachtete die Mutter kaum. Er hatte den Kopf zur Seite geneigt, betrachtete gedankenverloren die dunklen Wellen.

Eine Frau kreischte: »Heilige Muttergottes! Ein Wunder!«

Andere Stimmen wiederholten die Worte, der Wind trug sie über den Strand. Melina nahm

sie nur undeutlich wahr. Sie fror bis ins Mark und sie hätte auf der Stelle einschlafen können. Erst als Evangelia ihren Schal abnahm und Melina darin einhüllte, erblickte sie den Vater.
Er stand neben Zeferis, dem Bürgermeister. Der Schein der Taschenlampen beleuchtete sein Gesicht. Seine Züge waren wie ausgehöhlt; um seinen Mund lagen tiefe Falten. Ein paar Atemzüge lang kämpfte er mit dem Bedürfnis, auf Melina und Yannis zuzulaufen, sie zu umarmen. Doch Zorn und gekränkter Stolz siegten. Sein Gesicht wurde wieder hart und verschlossen.
Das wird er mir nie verzeihen, dachte Melina. Heiße Tränen traten in ihre Augen, als sie im Fackelschein eine schlanke Gestalt mit wehenden blonden Haaren erblickte. Stella!
Und als ob die Anwesenheit der Lehrerin ihr neue Kraft gab, hob Melina das Kinn und blickte ihrem Vater, der jetzt auf sie zustapfte, ruhig entgegen.
Petros beherrschte seine Wut, er wirkte noch gelassen. Vor dem versammelten Dorf be-

herrschte Petros seine Wut, gab sich Mühe gelassen zu wirken. Er hatte geglaubt beide Kinder verloren zu haben. Jetzt waren sie da, auf wunderbare Weise dem Meer entstiegen. Doch Melinas herausfordernder Ausdruck entfachte seinen Zorn aufs Neue. Nun los, schlag zu!, schienen ihre Augen zu sagen. Petros' Lippen verzerrten sich. Er hob die geballte Faust. Sie schwebte über Melina, wie ein schwarzer Klumpen.

Da durchbrach ein seltsamer Laut die Stille. Petros erstarrte mitten in der Bewegung. Der Laut, den alle soeben gehört hatten, kam von Yannis. Seine Augen waren auf den Vater gerichtet und sein Gesicht war rot angelaufen. Noch einmal holte er Atem, bevor der nächste Ton kehlig und undeutlich über seine Lippen kam. Aber es war zweifellos ein Wort, das erste, das er sprach, seitdem sein Zwillingsbruder in den Klippen verunglückt war.

»Nein!«, stieß er hervor.

Der Vater sah auf Yannis, die Augen weit aufgerissen. Hochmut und Zorn waren aus

seinem Gesicht gewichen. »Yannis . . . mein Sohn!«, murmelte er.
Und alle, die um ihn herumstanden und seine zitternde, zaghafte Stimme hörten, konnten kaum glauben, dass es Petros war, der so sprach.
Und wie ein Echo erhob sich von allen Seiten das Flüstern der Frauen: »Ein Wunder ist geschehen . . . wahrhaftig, ein Wunder!«
»Meine Kinder . . .«, stammelte Petros mit der gleichen rauen, kaum hörbaren Stimme. »Wo kommt ihr her?«
Yannis' Mund zuckte, die eine Schulter hob sich langsam, fast bis an sein Ohr. Seine Augen blickten groß und glasig, während er sagte: »Unten! Aus dem Meer!«
Petros spürte im Rücken die Blicke aller Anwesenden und wühlte in seinem Haarschopf. »Das verstehe ich nicht.«
Melina zitterte am ganzen Körper. Yannis hatte gesprochen! Sie musste an die Großmutter Domitia denken. Ja, ein Wunder war geschehen und sie, Melina, hatte dieses Wunder herbeigeführt. Jetzt war es an ihr zu

erzählen, was sich zugetragen hatte. Denn Yannis musste erst lernen wieder mit Worten umzugehen, sachte, sachte, er war noch immer verletzlich. Aber die harte Schutzschicht, die ihn umgab, war zerbrochen, der kleine Junge, der sich jahrelang in dieser Schale verborgen hatte, zum Vorschein gekommen.

»Es fing an mit den Drosoulites«, begann Melina.

Die Frauen und Männer um sie herum nickten und murmelten. Melina hörte ihre Stimmen, die das Wort weitergaben; es klang wie das Rascheln von Blättern im Wind.

»Die Taumänner, die Taumänner . . .«

»Wir haben ihre Schatten gesehen . . .« Melinas Brust hob und senkte sich. »Ich . . . ich bat sie Yannis zu heilen. Sie schenkten ihm eine Glasmurmel, blau wie das Meer . . .«

Eine atemlose Stille senkte sich über die Menge. Die Lehrerin steckte ihre Hände in die Taschen ihrer Windjacke. Melina schaute sie an und Stella nickte ihr lächelnd zu. Rede weiter!, schien sie zu sagen.

»Bald darauf kamen die Delfine. Wir hörten sie nachts in der Bucht singen. Yannis wollte zu ihnen. Aber meine Eltern hatten Angst.«
Evangelia griff mit der Hand nach ihrem Hals. Petros stand starr wie ein Stein.
Melinas Stimme klang heiser: »Mein Vater wurde sehr böse. Aber meine Mutter . . . erlaubte mir an den Strand zu gehen. Yannis hat mit den Delfinen gespielt, er hat schwimmen gelernt und tauchen . . . Und jetzt kann er wieder sprechen!«
Ihre Stimme versagte. Sie zitterte immer noch vor Kälte und Aufregung.
Da trat Stella Vlachos vor. Die Dorfbewohner tauschten Blicke, als sie mit ihrer ruhigen Stimme zu sprechen begann.
»Ein Wunder, das Wort ist schon in Ordnung. Aber die ganze Welt ist voller Wunder. Bloß wissen wir es nicht oder nehmen es nicht wahr. Moderne Untersuchungen haben gezeigt, dass Delfine im Stande sind die Gedanken und Gefühle der Menschen zu erfassen. Wahrscheinlich hängt das mit den Schallwellen zusammen, mit denen sie sich verständi-

gen. Sie spüren unsere Gefühle in ihrem Inneren wie ein Echo. Wir Menschen haben genaue Vorstellungen über das, was wir Intelligenz nennen. Vielleicht lernen wir eines Tages, dass es eine andere Art von Intelligenz gibt, die der unsrigen durchaus ebenbürtig ist.«

Die Anwesenden schwiegen. Es waren einfache Menschen und die Worte der Lehrerin überstiegen ihr Vorstellungsvermögen.

Plötzlich rief Tante Irene, die Frau des Gemeindeschreibers: »Aber wo seid ihr denn so lange gewesen? Als hoher Wellengang aufkam, schrie eure Mutter: ›Irene, lass die Klageweiber kommen. Ich habe meine Kinder verloren!‹«

Während die Lehrerin sprach, hatte Melina Zeit gehabt sich zu sammeln. »Die Delfine haben uns zu den Klippen gebracht.«

Sie streckte den Arm aus. Alle Blicke richteten sich auf die Felszunge.

»Und dann«, fuhr Melina fort, »tauchten sie mit uns durch einen Gang in eine Grotte. Es war sehr gefährlich, wir dachten, gleich sind wir tot. Aber in der Grotte war Luft. Wir konnten atmen und sahen Bilder an den Wänden . . .«

»Was willst du damit sagen, Kind?«, fragte Zeferis, der plötzlich aufmerksam geworden war.

Die Umstehenden schwiegen. Man hörte das Rauschen der Wellen. Melinas Stimme war fast nur noch ein Hauch.

Sie erzählte von den eingestürzten Säulen, von den Wandmalereien, von den lehmversiegelten Vasen und von Tafeln mit Schriftzeichen. Sie berichtete, wie die Delfine sie später wieder hinausgeführt hatten, um sie durch das tosende Meer an die Küste zu geleiten.

Zeferis strich nachdenklich über seinen Schnurrbart. Doch die anderen glaubten Melina nicht. Einige schüttelten den Kopf und lachten. Schließlich sagte Tante Irene: »Evangelia, deine Tochter hat hohes Fieber! Gib ihr etwas Warmes zu trinken und sieh zu, dass sie ins Bett kommt!«

»Es ist bestimmt wahr!« Melina stampfte trotzig mit dem Fuß auf. Sie streckte die Hand aus. An ihrem Finger glitzerte der Ring mit den Delfinen.

Da schwiegen die Leute wieder und der Vater beugte sich herunter, um den Ring besser zu sehen. Melina zog ihn vom Finger. Zeferis trat vor, nahm Petros den Ring aus der Hand und gab ihn dann an den Gemeindeschreiber weiter. Dann machte er die Runde; alle besahen ihn im Schein der Taschenlampen.

Einige Frauen erinnerten sich an Legenden, die um einen versunkenen Königspalast kreisten. Andere diskutierten bereits über den Profit, der sich aus der Sache ziehen ließe; über das Fernsehen und die Zeitungen, über Wissenschaftler, Berichterstatter und Touristen, die das Dorf besuchen würden. Zeferis verkündete, dass er sofort die Museumskommission in Heraklion unterrichten werde. Man müsse eine offizielle Erlaubnis einholen, um Tauchmannschaften in die Grotte schicken zu können. Das Schmuckstück beweise, dass dort Fundsachen von größtem Wert verborgen seien.

»Der Ring gehört nicht dir«, sagte Zeferis zu Melina und strich mit seiner Hand über ihr nasses Haar. »Er gehört unserem Dorf, er gehört Kreta. Wir sind alle sehr stolz auf dich.«

Melina sagte nichts. Sie schaute zu Stella Vlachos hinüber. Stella lächelte sie an und deutete mit einem Kopfnicken auf Yannis. Die anderen schienen ihn bereits wieder vergessen zu haben, er war für sie einfach nicht mehr da. Und das war ja auch nur zu verständlich bei Dorfbewohnern, die jetzt eine neue, Gewinn bringende Zukunft ins Auge fassen konnten.

Nur Evangelia schien von alldem unberührt. Sie hatte ihren kleinen Sohn fest in die Arme geschlossen. Für sie zählt nur, dass Yannis geheilt wurde, überlegte Melina. Und sie wusste, dass auch Stella ihre Gedanken teilte.

20. Kapitel

Melina hörte ein Motorengeräusch und ging nach draußen, gerade als Stella Vlachos ihr Motorrad am Tor abstellte und in den Hof trat.

Sofort begann der Hund zu bellen und eine Kinderstimme ertönte.

Yannis stürzte aus dem Haus. Er lief auf den Hund zu, packte ihn am Halsband und hielt ihn zurück.

»Guten Tag, Yannis«, sagte Stella mit ernstem Gesichtsausdruck.

Yannis streichelte den Hund und starrte die Lehrerin neugierig an.

»Tag«, sagte er.
Stella hob den Blick und schaute Melina eine Weile an.
»Du bist in den Ferien ein ganzes Stück gewachsen.«
Melina lächelte etwas verlegen und äußerte sich nicht dazu.
»Die Eltern sind bei der Arbeit. Sie bringen die Netze unter den Ölbäumen an. Die Oliven fallen schon herunter.«
»Jetzt schon?«, fragte Stella überrascht.
Für gewöhnlich reiften die Oliven erst im Oktober.
»Die Hitze war schlimm in diesem Sommer«, erklärte Melina. »Wir mussten die Bäume zweimal in der Woche bewässern. Kommen Sie schnell herein, in den Schatten!«
Stella trat in den angenehm kühlen Wohnraum. Melina ließ Wasser in einen Kessel laufen, um Kaffee zu kochen.
»Nun, wie waren die Ferien?«, fragte die Lehrerin.
Melina blinzelte verschmitzt. »Ich habe Yannis Lesen und Schreiben beigebracht. Herr

Mavrakis meint, dass er vielleicht sofort in die zweite Klasse gehen kann.«

Stella wandte sich an Yannis, der ihnen ins Haus gefolgt war. »Willst du mir nicht etwas vorlesen?«

Sie schlug ein Schulbuch auf, das auf dem Tisch lag.

Yannis trat sofort näher und begann einige Sätze zu lesen. Seine Stimme klang rau, aber fast völlig normal.

Stella sah Melina verblüfft an. »Hast du ihm das alles beigebracht?«

»Es war nicht sehr schwer«, sagte Melina. »Er interessiert sich für so viele Dinge.«

»Bemerkenswert!«, murmelte Stella.

Melina goss Kaffee auf , nahm die Zuckerdose und eine schöne Tasse vom Regal. Aus einem Korb holte sie eine große Weintraube, die sie in einer Schale mit kaltem Wasser vor die Lehrerin hinstellte. Dann setzte sie sich ihr gegenüber. Stella hob ihre Tasse zum Mund.

»Dein Kaffee ist ausgezeichnet!«

»Nicht zu stark?«

»Gerade so, wie er sein muss.«

Stella nahm einen zweiten Schluck.
»Ich habe in der Zeitung gelesen, dass die Archäologen bald mit ihrer Arbeit beginnen werden.«
Melina nickte.
»In ein paar Tagen geht es los. Zeferis musste so lange auf die Genehmigung warten; doch jetzt ist alles klar. Jetzt sind die Bewilligungen da. Der Leiter des archäologischen Museums von Heraklion hat ganz moderne Geräte kommen lassen. Die unterirdische Kammer haben sie schon aufgespürt, aber den Eingang noch nicht. Jetzt wollen sie eine Tauchermannschaft einsetzen.«
Um Stellas Augen bildeten sich kleine Lachfalten.
»Offenbar wissen die Delfine da besser Bescheid!«
»Die Journalisten waren auch schon da. Sie haben eine Menge Fragen gestellt. Mein Vater war sehr stolz, als unser Bild in der Zeitung stand. Aber irgendwie hatte ich das Gefühl, dass sie mir nicht geglaubt haben. Die Sache mit den Delfinen, meine ich. Sie

haben sich so komisch angeguckt und einer sagte, dass ich ja eine blühende Phantasie hätte. Nachher sind sie zu anderen Leuten gegangen, ob die auch Delfine gesehen hätten. Die haben gesagt, ich sei die Einzige. Und später stand in den Zeitungen, ich hätte die Grotte entdeckt, als ich Yannis das Tauchen beigebracht habe. Die Geschichte mit den Delfinen hätte ich nur erfunden aus Angst vor Strafe. Irgendwie haben sie wohl erfahren, dass mein Vater uns das Schwimmen verboten hatte.«

Stella hob die Augenbrauen. »Offenbar weiß hier jeder über die Nachbarn Bescheid!«

»Ein paar Tage später kam der Leiter des Museums«, fuhr Melina lebhaft fort. »Er wollte, dass ich ihm die Wandmalereien beschreibe, und hat sich Notizen dazu gemacht. Wir hätten eine Entdeckung gemacht, die für Kreta von größter Bedeutung sei, hat er danach gesagt.«

Stella blickte sie über den Rand ihrer Tasse nachdenklich an. »Du siehst aber nicht gerade glücklich aus.«

Melina senkte die Augen.
»Ich sollte es eigentlich sein. Mein Vater hat jetzt nichts mehr dagegen, dass ich schwimme. Ich durfte mir sogar einen neuen Badeanzug kaufen.«
»Schön! Welche Farbe denn?«
»Gelb. Und die Träger kann man abnehmen.«
»Toll!«
Melina malte mit den Fingern Kreise auf den Tisch. »Mein Vater ist jetzt sehr nett zu mir. Er ist stolz, dass alle Leute von ihm reden und ihn beglückwünschen, weil Yannis und ich in der Zeitung waren.«
»Aber die Delfine, die sind weg!«, sagte da Yannis mit seiner dunklen Stimme.
»Kommen sie wirklich nicht mehr?«, fragte Stella überrascht.
Melina schüttelte nur traurig den Kopf.
»Das ist wahrscheinlich dieser ganze Rummel«, meinte die Lehrerin.
Melina seufzte beklommen. »Ich habe so ein komisches Gefühl . . .«
Stella ließ sie nicht aus den Augen. »Wie meinst du das?«

Melina schluckte würgend. »Sehen Sie . . . die Delfine haben uns die Grotte gezeigt, weil sie glaubten, dass wir Freunde sind. Aber jetzt trauen sie uns nicht mehr.«
»Warum?«
»Weil wir es den anderen Leuten erzählt haben! Aber ich musste es doch meinen Eltern sagen!«
»Du brauchst kein schlechtes Gewissen zu haben«, sagte Stella sanft. »Die Delfine spüren genau, was in euch vorgeht.«
Melinas Unterlippe zitterte.
»Ich möchte so gerne mehr über Delfine erfahren! Aber im Frühjahr komme ich aus der Schule. Wer wird mir die vielen Dinge beibringen, die ich wissen will?«
Die Tränen, die sie nur mit Mühe zurückgehalten hatte, stürzten ihr nun aus den Augen. Sie wandte verschämt das Gesicht ab. Yannis war sofort bei ihr und legte den Kopf an ihre Schulter. »Nicht weinen . . . nicht weinen!«, stieß er hervor.
Melina streichelte ihn voller Zärtlichkeit. »Es geht gleich vorbei.«

In der Stille kam eine Biene herein und summte um die Gläser mit Quittengelee.

Schließlich brach Stella das Schweigen. »Eigentlich wollte ich über etwas ganz anderes mit dir reden. Ich habe gekündigt. Ein neuer Lehrer aus Heraklion wird die Klasse übernehmen.«

Melina starrte sie mit nassen Augen an. »Gefällt es Ihnen bei uns nicht mehr?«

»Es war von Anfang an abgemacht, dass ich hier nur aushilfsweise unterrichte. Ein Freund, den ich sehr gern habe, kommt im Dezember nach Athen zurück. Er ist Wissenschaftler, Vulkanologe.«

Melina hatte diesen Namen noch nie gehört.

»Er studiert die Vulkane«, erklärte Stella, »um mehr über die Entstehung der Erde zu wissen. Sein Beruf bringt es mit sich, dass er viel reisen muss. In diesem Jahr ist er in Südamerika.«

Melina zwang sich zu einem Lächeln.

»Werden Sie heiraten?«

»Vielleicht. Auf alle Fälle werden wir zusammenleben.«

Melina holte gepresst Atem.
»Dann sehe ich Sie wohl nie wieder.«
Stella stellte ihre Tasse auf den Tisch. »Da ist noch etwas, was ich mit dir besprechen wollte. Ich möchte deinen Vater fragen, ob er dir erlaubt in Athen auf die höhere Schule zu gehen.«
Melina hob ruckartig den Kopf. Ihr Herz klopfte. Die Sonne schien durch die offene Tür in ihre Augen, ließ sie aufglänzen wie Bernstein.
»Wie . . . wie kommen Sie darauf?«
»Ich halte dich für sehr begabt. Und ich glaube, ich kann das beurteilen.«
Melina knetete ihre Hände, dass die Fingerknöchel weiß wurden. »Mein Vater will, dass ich zu Hause bleibe.«
»Vielleicht ändert er seine Meinung, jetzt, wo er ein berühmter Mann ist. Eine Tochter zu haben, die aufs Gymnasium geht und dann studiert, wird sein Ansehen noch vergrößern.«
»Aber wir haben kein Geld.«
»Ich werde ein Stipendium beantragen und

ich denke, dass es bewilligt wird. Ich könnte dich dann nach Athen mitnehmen und dort an der Schule anmelden. Wohnen kannst du bei meiner Schwester. Kostenlos natürlich. Ich habe ihr schon von dir erzählt. Sie arbeitet bei einer Fluggesellschaft und ihr Mann ist Arzt. Die Schule ist ganz in der Nähe.«

Sie drückte Melinas Hand, die jetzt unbeweglich auf dem Tisch lag. »Du musst dich weiterbilden, Melina. Deine Begabung darf hier nicht verkümmern. Das muss auch dein Vater einsehen.«

»Und Yannis?«, flüsterte Melina.

»Er braucht dich nicht mehr. Er wird jetzt zur Schule gehen und später selbst entscheiden, ob er hier glücklich sein kann oder nicht. Na, was ist?«

»Ich . . . ich möchte so gerne!« In Melinas Kopf rasten die Gedanken. »Und wenn mein Vater nicht will, dass ich gehe, dann . . . dann werde ich nicht mehr lange leben. Ich weiß, wie es ist, wenn man tot ist. Ich habe keine Angst davor.«

»Wie meinst du das?«, fragte die Lehrerin behutsam.
»Es ist wie im Meer«, sagte Melina. »Man ist frei und schwebt. Man sinkt in einen Traum.«
Stella Vlachos erhob sich. Sie wischte sich den Schweiß von der Stirn. Auch im Schatten war die Hitze wirklich ganz unerträglich.
»Sorge dich nicht«, sagte sie. »Verlass dich auf mich. Ich werde deinen Vater schon überzeugen.«

21. Kapitel

In der Nacht ging der Mond spät auf. Ein rötlicher Schatten lag unter der Kugel. Yannis schlief unruhig; Melina hörte seine stockenden Atemzüge und wälzte sich selber von einer Seite zur anderen. Sie musste immer wieder an Stellas Vorschlag denken.
Mit den Eltern hatte sie noch kein Wort darüber gesprochen. Das wollte sie lieber Stella überlassen. Außerdem war der Vater viel zu beschäftigt, so wie alle im Dorf. Morgen früh wollten die Taucher mit ihrer Arbeit beginnen. Und jeder hoffte jetzt auf den großen wirtschaftlichen Aufschwung. Der Gemein-

derat hatte beschlossen ein Museum einzurichten. Und in der Bucht sollte ein großes Hotel gebaut werden. Kostas Vater, dem das Land gehörte, war schon mit Bauunternehmern im Gespräch. Vermessungen waren vorgenommen worden. Man sprach nur noch von Devisen, Profit und Gewinn.
Nein, Melina fand keinen Schlaf. Sie warf ihre Decke zurück und ging ans Fenster, das halb offen stand. Da draußen war das Meer. Ein tiefer Seufzer hob Melinas Brust. Da, wo vor kurzem noch die Delfine mit ihr und Yannis gespielt hatten, würden bald Bagger rasseln, Betonmaschinen knirschen und Presslufthämmer dröhnen. »Fortschritt« nannten sie das.
Das Mädchen beugte sich hinaus, atmete die warme Nachtluft ein. Nur die Grillen waren zu hören. Ihr Zirpen klang seltsam eindringlich. Sie erinnerte sich nicht, es jemals so laut gehört zu haben. Es übertönte fast alle anderen Laute. Dann heulte ein Hund, dann noch einer, in gespenstischen Tönen. Und plötzlich fiel auch Mavros ein. Melina sah ihn

auf den Hinterläufen sitzen. Er reckte seinen Kopf hoch.
Der Mond war jetzt blutrot. Plötzlich ertönte eine wütende Männerstimme. Petros riss polternd die Haustür auf, brüllte den Hund an. Ein Stiefel flog durch den Hof. Mavros duckte sich.
Der Lärm hatte auch Yannis geweckt. Er kam schlurfend ans Fenster. »Was ist los?«
»Alle Hunde heulen im Dorf«, sagte Melina. »Und Mavros ist auch ganz schrecklich aufgeregt.«
Yannis gähnte und rieb sich die Augen. »Warum?«
»Ich weiß es nicht. Ein wildes Tier, vielleicht . . .«
In den Bergwäldern gab es Luchse und Wölfe. Aber für gewöhnlich wagten sie sich nicht in die Nähe der Siedlungen.
»Der Mond ist ganz rot«, murmelte Yannis.
»Das macht der Staub, der von Afrika kommt. Freust du dich auf morgen?«
Sie wollte ihn auf andere Gedanken bringen. Onkel Andros hatte sich bereit erklärt die

beiden mit dem Boot hinauszufahren. Dann konnten sie zusehen, wie die Taucher die Klippen untersuchten.

»Nein! Ich freue mich nicht.«

Yannis machte ein grimmiges Gesicht.

»Warum nicht?«

»Die Grotte gehört den Delfinen.«

Melina nagte an ihrer Unterlippe. Er hatte ja Recht. Trotzdem erwiderte sie: »Die Taucher werden viele interessante Sachen finden. Die Delfine können ja nichts damit anfangen.«

»Sie wollen nicht, dass andere Leute in die Grotte kommen«, sagte Yannis mit dem gleichen trotzigen Ausdruck im Gesicht. »Deshalb der ganze Lärm da draußen. Die Hunde und die Grillen. Und auch der rote Mond. Die Delfine wollen das nicht. Sie warnen uns.«

Am nächsten Tag war der Himmel bedeckt. Eine gleißende Sonnenscheibe schwebte hinter dünnen Wolkenschleiern. Das Meer leuchtete stumpf.

Schon frühmorgens war das ganze Dorf auf

den Beinen. Die Taucher waren da und ein Fernsehteam aus Athen. Überall Kabel und Kameras. Ein Mann sprach eifrig in ein Mikrofon. Petros war irgendwo in diesem Gewühl, während Evangelia, zurückhaltend wie immer, abseits bei den Frauen stand.

Melina und Yannis saßen schon in Onkel Andros' Motorboot. Der alte Fischer kaute geistesabwesend auf einem Streichholz, als wenn ihn der ganze Rummel überhaupt nicht interessierte. Er fuhr noch regelmäßig zum Fischen raus, allerdings nicht mehr so weit wie früher.

Bald stolzierte Petros mit einigen Reportern im Schlepptau über die Mole auf das Boot zu. Onkel Andros spuckte durch seine Vorderzähne, als er die Kameras sah, die nun auf Melina und Yannis gerichtet waren.

Als die Reporter genug geknipst und gefilmt hatten, liefen sie zu den Schlauchbooten der Taucher, die sich zum Auslaufen bereitmachten.

Melina atmete erleichtert auf und Onkel Andros murmelte etwas nicht sehr Nettes.

Die Schlauchboote starteten, aber der alte Fischer schien es nicht eilig zu haben. Er hob den Deckel vom Motor, um die Zündkerzen herauszunehmen und zu säubern. Sorgfältig kratzte er mit dem Taschenmesser den Ruß heraus. Das Boot schwankte nur leicht in der matten Dünung. Plötzlich kniff Onkel Andros die Augen zusammen und warf sein Streichholz ins Wasser.

»Etwas ist faul an der Sache«, murmelte er.

Melina und Yannis warteten auf eine Erklärung, aber der Onkel sagte sonst nichts. Er schien auf etwas zu horchen. Und dann warf er auf einmal den Motordeckel wieder zu.

»Kinder, wir fahren nicht.«

»Warum?«, fragte Yannis.

»Da stimmt was nicht«, knurrte Onkel Andros.

Sein brauner Finger wies auf die Stufen an der Mole, die sonst im Wasser lagen. Sie waren jetzt freigelegt; überall zeigte sich giftgrüner, glitschiger Seetang.

Der alte Fischer zog zischend die Luft ein. »Los, raus aus dem Boot!«

Onkel Andros widersprach man nicht. Melina und Yannis gehorchten, starrten von der Mole aus in das Hafenbecken. An manchen Stellen war der Meeresboden sichtbar, er war übersät mit Abfall: Flaschen, Dosen, Scherben, verbeulten Kanistern und verfaulten Obstschalen. Es roch ganz ekelhaft nach modrigem Schlamm. Onkel Andros schnüffelte, als liefe ihm die Nase. Trotz der Hitze überzogen sich Melinas Arme mit einer Gänsehaut. Sie blickte aufs Meer.

Die Schlauchboote der Taucher hatten die Klippen schon fast erreicht. Das Fernsehteam fuhr in einem größeren Boot hinterher. Melina wischte sich gerade mit dem Ellbogen den Schweiß von der Stirn, als plötzlich ein fürchterlicher Lärm ausbrach: Aus jedem Baum, jedem Strauch, jeder Klippe schwirrten große und kleine Vögel, sie flatterten wirr und aufgeregt im Licht, taumelten mal höher, mal tiefer. Und ihr Kreischen und Pfeifen erfüllte die Luft. In den Höfen krähten alle Hähne, Hunde jaulten und irgendwo wieherte schrill ein Maulesel.

Da bewegte sich der Boden.

Aus der Tiefe der Erde stieg ein gespenstisches Brausen. Kurze, heftige Stöße ließen den Boden erzittern. Der Asphalt hob sich, zerbrach. Mitten in der Mole klaffte auf einmal ein Spalt. Gegenstände polterten, Mauern zerbröckelten, Fensterscheiben barsten. Und Menschen schrien oder standen wie gelähmt vor Schreck. Sekundenlang wurde es still. Dann setzte das zweite Beben ein.

Melina hatte das Gefühl, dass der Boden schräg stand. Boote wurden gegen die Mole geschleudert. Holzsplitter wirbelten auf. Yannis verlor das Gleichgewicht, klammerte sich an ihren Arm. Onkel Andros' Augen blickten glasig, als das Tosen die ganze Bucht erfüllte. Riesige Felsblöcke lösten sich von den Klippen. Sie mussten groß wie Häuser sein; sie schienen ganz langsam zu fallen, wie im Alptraum, und die hoch aufspritzenden Schaumwellen entfalteten sich wie Blütenblätter.

Dann erstarb das gespenstische Donnern. Nur tief im Erdinnern rumpelte und polterte es noch einige Sekunden. Danach Stille.

Als Nächstes hörte Melina Stimmen und Rufe. In einem Haus war Feuer ausgebrochen; einige Männer liefen, um die Flammen zu löschen. Doch Melina stand wie erstarrt. Da packte Onkel Andros sie plötzlich an den Schultern und riss sie zurück. Das Hafenbecken füllte sich wieder. Gurgelnd und zischend kam das Wasser zurück, schwappte über die Hafenmauer. Gischt spritzte hoch in die Luft. Die leichten Fischerboote tanzten wie Korken auf den Wellen; einige rissen sich von ihren Ketten los und kenterten. Draußen waren zwei Schlauchboote umgeschlagen. Schon nahm ein Motorboot Kurs auf die Unglücksstelle, um die Besatzungen zu bergen.

Melina schaute zur Landzunge, dorthin, wo sich die Grotte befand. Da war nichts mehr wie vorher. Vom nächstgelegenen Berghang hatten sich riesige Felsmassen gelöst, sich im Meer aufgetürmt. Und Melina wusste, dass der Weg zur Grotte nun endgültig verschüttet war. Ihre Geheimnisse sollten den Menschen verborgen bleiben.

22. Kapitel

Die Taucher sind wieder da«, sagte Stella. »Ich habe mit ihnen gesprochen. Das Erdbeben war wirklich sehr stark, hat die gesamte Unterwasserlandschaft verändert. Die Taucher arbeiten mit Ultraschallgeräten. Die Grotte ist wohl noch erhalten.«

Ein kleines Lächeln huschte über Melinas Gesicht. »Aber der Weg ist versperrt, oder?«

Sie hatte Bücher zurückgebracht, die Stella ihr geliehen hatte, und blickte nun aus dem Fenster über das Meer.

Die Lehrerin nickte.

»Man hat sogar an Sprengungen gedacht.

Aber die Museumskommission gibt dafür nicht die Erlaubnis.«
Melina gab ihr die Bücher. Stella nahm sie mit einer kleinen Grimasse. »Wohin damit? Ich bin schon beim Packen!«
Schließlich stopfte sie die Bücher in eine kleine Kiste und richtete sich zufrieden wieder auf. »So, da war noch etwas Platz.«
Melina warf ihr Haar aus der Stirn. »Ich bin froh, dass sie den Weg nicht finden.«
Stella erwiderte ihr Lächeln.
»Offen gestanden, ich auch. Schon möglich, dass die Funde die Wissenschaft ein ganzes Stück weitergebracht hätten, und der Tourismus ist ein wichtiger Wirtschaftszweig. Aber diese Grotte stammt aus einer Zeit, als die Menschen noch mit den Göttern verbunden waren. Damit darf man heute kein Geld verdienen; da hast du Recht. Hast du deinen Koffer eigentlich schon gepackt?«, fügte sie hinzu.
»Ich nehme nur ganz wenige Sachen mit«, sagte Melina. »Gibt es in Athen eigentlich auch solche Erdbeben?«

»Ja, natürlich«, erwiderte Stella. »Die Gefahr besteht fast überall. Die Menschen möchten gerne glauben, dass die Erde sicher und fest ist. Aber unser Planet ist lebendig . . .«
Melina schaute der Lehrerin nach, die im Zimmer hin- und herging. Dabei fiel ihr ein, wie es war, als Stella den Vater um die Erlaubnis gebeten hatte, Melina in Athen auf die höhere Schule gehen zu lassen.

Sie war am Abend gekommen, als schon die Fledermäuse flogen und bisweilen die Hauswand streiften. Der Vater saß bereits am Tisch. Die Mutter hatte Teigwaren zubereitet und die Lehrerin gebeten zum Essen zu bleiben.
Danach hatte Stella lange mit Petros gesprochen. Hatte ihn daran erinnert, dass seine Tochter im Fernsehen war, dass ihr Name in den Zeitungen stand und dass er jetzt ein bedeutender Mann war.
Ja, sie hatte Recht. Zwar war die »Grotte der Delfine« – wie sie überall genannt wurde – dem Erdbeben zum Opfer gefallen, aber das

Dorf hatte Schlagzeilen gemacht. Der goldene Ring wurde im Gemeindehaus in einem gläsernen Kasten ausgestellt und von den Touristen bestaunt. Die Kaffeehäuser waren voll besetzt, die Fähre hatte Hochbetrieb und die Pensionen waren Wochen im Voraus ausgebucht. Und die geplante Hotelsiedlung sollte tatsächlich gebaut werden, weil man plötzlich den Zauber einer Bucht entdeckt hatte, in der – wie es hieß – die Delfine spielten und sangen.

Als die Lehrerin mit ihrem Vorschlag herausrückte, hatte der Vater überrascht ausgesehen. Aber er fühlte sich wohl auch geschmeichelt. Und Stella hatte genau die richtigen Worte gefunden: »Ihre Tochter ist jetzt bekannt, alle Türen stehen ihr offen. Wenn sie es nach dem Studium zu etwas bringt, trägt es zum Ansehen Ihrer Familie bei.«

Ein guter Beruf, mochte der Vater gedacht haben, bedeutet einen guten Verdienst und dass Melina die Familie sicher nicht im Stich lassen würde.

Brachte sie einmal genügend Geld ins Haus, konnte er sich vielleicht moderne Arbeitsgeräte anschaffen.
Außerdem schien die Lehrerin eine großzügige Frau zu sein.
Aber Petros wollte nicht den Anschein erwecken, dass er sich so ohne weiteres überreden ließ. Er wandte sich an Melina, die stumm am Herd stand.
»So was ist im Dorf noch nie vorgekommen. Du kannst deiner Lehrerin dankbar sein. Ich weiß nicht, womit du diese Auszeichnung verdient hast. Aber eins schwöre ich dir: Beim ersten schlechten Zeugnis nehme ich dich aus der Schule! Dann wirst du im Haus arbeiten und heiraten, wie es sich für ein Mädchen gehört . . .«

Das hatte er an jenem Abend gesagt, bevor er seine Einwilligung gab. Evangelia hatte geschwiegen, aber Melina spürte, dass sich die Mutter freute.
Und nun war es so weit. Morgen würde sie fahren. Ihre Plätze auf der Fähre waren schon

reserviert. Melina gab sich ganz ihrer Vorfreude hin, als die Stimme der Lehrerin sie aus ihren Gedanken riss. Stella hielt ein Blatt Papier in der Hand.

»Ich möchte dir noch einen Brief vorlesen, den ich heute abschicken werde.«

»An den Vulkanologen?«

»Ja.«

Stella nickte und begann zu lesen.

»Heute, mein letzter Tag auf Kreta. Viele Dinge sind geschehen, von denen ich dir berichten werde, viele Dinge, die mich beschäftigen und mir beweisen, dass die Welt voller Zeichen und Wunder ist. Die Meere bergen tausend Geheimnisse, und wir Menschen, die alles zu wissen glauben, wissen nur wenig. Und es ist gut, dass uns manches verborgen bleibt. Wir trauern um das verlorene Paradies und sehnen uns nach den Zeiten der Unschuld. Aber wir sind noch nicht bereit diese Wunder neu zu erleben. Wir kennen die Delfine nicht. Sie aber kennen uns gut. Sie sind weiser als wir.«

Sie hob den Kopf und sah Melina an. »Ich denke, du verstehst, was ich meine.«
Melina nickte sehr langsam; sie tauschten ein Lächeln. Dann sagte Melina, sie müsse jetzt gehen. Sie hatte noch einige Dinge zu erledigen.
Als sie durch das Dorf ging, sah sie die Handwerker bei der Arbeit. Das Erdbeben hatte große Schäden verursacht, einige Häuser mussten neu aufgebaut werden.
Auch Menschen waren verletzt worden, ein paar davon schwer. Aber nur einer war ums Leben gekommen: Der alte Michalis war an einem Herzschlag gestorben. Aber der war ja auch schon über achtzig, dachte Melina.
Ihre Freundin Anna hatte sie gestern noch einmal besucht. Anna war eifersüchtig auf Melina. »Ich weiß doch, was du in Athen willst«, hatte sie mit spöttischem Nachdruck gesagt. »Du willst dir einen Jungen aus der Großstadt angeln, das willst du!«
Melina hatte verlegen gelacht.
»Was du immer gleich denkst!«
Und Anna hatte sie in die Seite geknufft.

»Und Kosta? Alle sagen, dass er in dich verliebt ist. Sein Vater baut jetzt ein Luxushotel. Kosta soll die Hotelfachschule besuchen und es später einmal übernehmen. Ich an deiner Stelle würde nett zu ihm sein.«
Melina hatte kaum zugehört. Sie war in Gedanken schon weit weg gewesen.

Es war Nachmittag, die Klippen lagen bereits im Schatten. Der Himmel leuchtete blau und das Meer schimmerte rosa. Melina wollte noch einmal schwimmen.
Kurz bevor sie die Kalkfelsen erreichte, sah sie Yannis mit ein paar anderen Jungen Fußball spielen. Er hatte gerade ein Tor geschossen und brach in Siegesgeheul aus. Melina blieb kurz stehen und schaute lächelnd zu.
Dann ging sie weiter, den Pfad hinab, der zur Bucht führte. Erst in diesem Augenblick spürte sie so richtig, wie viel Glück ihr geschenkt worden war. Und sie wusste, sie hatte es der Großmutter zu verdanken. Domitia lebte nicht mehr; aber in Wirklichkeit

hatte sie Melina stets geleitet, mit sanfter, wissender Hand.

In Gedanken versunken, hörte sie Schritte. Sie drehte sich um und sah Yannis hinter ihr herlaufen.

»Gehst du schwimmen?«, rief er.

»Ein letztes Mal«, sagte Melina.

Eine Weile passte er sich still ihrem Schritt an. Schließlich warf er ihr einen Seitenblick zu. »Bist du traurig?«

»Ein wenig. Und du?«

Er hob die Schultern.

»Ist mir doch egal, dass du nach Athen gehst. Dann habe ich mein eigenes Zimmer. Sag, wann kommst du zurück?«

»In den Osterferien.«

»Was, so lange bleibst du weg?«

Am Strand arbeiteten schon die Bagger. Man war dabei, den Boden zu ebnen. Lastwagen brachten Kies. Dass hier bald ein Hotel stehen würde, überstieg Melinas Vorstellungsvermögen.

Yannis hob einen Stein auf und schleuderte ihn ins Wasser.

»Ich war ein paar Mal hier. Wollte den anderen zeigen, wie ich auf dem Delfin reite. Aber der ist nicht gekommen.«

Melina seufzte. »Es war schön, nicht wahr?«

Yannis drehte sich um und warf einen zweiten Stein.

»Ja, ganz lustig«, meinte er.

Melina machte den Reißverschluss auf und stieg aus ihrem Kleid. Darunter trug sie ihren gelben Badeanzug.

»Warte, ich komme auch!«, rief Yannis.

Er löste seinen Gürtel und zog seine Trainingshose aus.

Der Himmel strahlte. Schatten tanzten im Wasser, als sie beide durch die Wellen kraulten. Der Sand auf dem Meeresboden hatte tiefe, regelmäßige Rillen.

Melina sah einige Steine, die vorher nicht da gewesen waren. Eine Folge des Erdbebens, nahm sie an.

Plötzlich bewegte eine Schwingung das Wasser. Melina schaute zu Yannis hinüber. Ihr Herz klopfte. Sie rollte sich herum, hielt ihre

Nase zu und blickte in die Tiefe. Aus dem Schatten lösten sich zwei große, bronzene Gestalten; sie schwammen ihnen lautlos entgegen.

»Sie sind da!«, schrie Yannis. »Sie sind wieder da!«

Die Delfine drehten sich neben ihnen in einer Hülle aus Luftblasen. Immer wieder umkreisten sie die Kinder, betrachteten sie mit großen, lächelnden Augen.

Yannis tauchte auf, schlug mit der flachen Hand auf die Wellen.

»Nun kommt doch endlich näher!«, schrie er.

Aber die Delfine blieben außer Reichweite, vergrößerten immer mehr ihren Kreis. Auf einmal sprangen sie gemeinsam aus den Wellen – für einen Augenblick glichen sie den Malereien, die Melina in der Grotte gesehen hatte. Dann tauchten sie im gleichen Rhythmus in die Fluten. Die Oberfläche des Wassers schloss sich über ihnen wie ein blau glitzerndes Tuch.

»Kommt zurück!«, rief Yannis.

Er strampelte aus Leibeskräften, seine schrille Jungenstimme überschlug sich.
Melina schwamm ruhig auf der Stelle. Sie hatte begriffen, dass die Delfine nicht zurückkommen würden, dass dies der Abschied war.
Nur noch eine leichte Bewegung des Wassers war sichtbar, dort, wo die beiden Tümmler sich entfernten. Bald verloren sie ihre Spur aus den Augen. Und dann war alles vorbei.
Melinas Seufzer klang wie ein unterdrücktes Schluchzen. Yannis schwamm still und kraftvoll neben ihr her. Als sie den Strand erreichten, färbte sich der Himmel rosa. Ein leichter Abendwind kräuselte die Wellen; es war, als ob das Meer ein Lied sang.
Beide Kinder wateten durchs seichte Wasser. Doch plötzlich stampfte Yannis mit seinem Fuß in den nassen Sand. Melina sah Tränen in seinen Augen glitzern.
»Warum haben sie sich nicht anfassen lassen? Warum nur? Ich wollte den anderen doch zeigen, wie ich auf ihnen reiten kann!«
Melina betrachtete ihn nachdenklich.

»Ebendeswegen«, sagte sie schließlich.

Yannis holte gepresst Atem. Seine Lippen waren ganz weiß geworden.

»Dann sind sie uns also doch böse?«, flüsterte er mit einer Stimme, die Melina wehtat. »Ich liebe sie doch!«

»Sie lieben uns auch«, erwiderte Melina. »Aber sie fühlen, dass wir sie nicht mehr brauchen.«

Yannis schluckte würgend. Er sagte kein Wort und wandte sich ab, während Melina ihren nassen Badeanzug auszog und sich ankleidete.

Das Kind, das mit den Delfinen gespielt hatte, gab es nicht mehr. Es war verschwunden, einfach weg. Doch der Junge, der jetzt an seiner Stelle lebte und lachte, hatte die Welt der Wunder gesehen und würde sie immer in seinem Herzen bewahren.

Federica de Cesco

Shana, das Wolfsmädchen

Nach dem Tod ihrer Mutter zieht sich das Indianermädchen Shana vollkommen in die Musik zurück. Ganz allein spielt sie im Wald auf ihrer geliebten Geige und trifft dort auf eine seltsam anhängliche Wölfin. Als der Vater das kostbare Instrument verkauft, stiehlt Shana es sich zurück und flieht damit in die Wildnis. Mit der Wölfin an ihrer Seite erkämpft sie sich ihren Weg in ein anderes Leben. Die bewegende Geschichte einer jungen Indianerin und ihrer außergewöhnlichen Freundschaft zu einer Wölfin.

Das Buch zum Film Shana. The Wolf's Music.

Arena

248 Seiten
Klappenbroschur
ISBN 978-3-401-50499-5
www.arena-verlag.de

Auch als E-Book erhältlich

Federica de Cesco

978-3-401-50467-4

Der rote Seidenschal

Bei ihrer Tante Adele fühlt sich die junge Ann Morrison wie ein Vogel in einem Käfig. Auf einer Zugreise durch Arizona bietet sich ihr unverhofft die Gelegenheit aus diesem Käfig auszubrechen: Als eine fremde Dame beim Aussteigen aus dem Abteil ihren Seidenschal liegen lässt, läuft Ann ihr kurz entschlossen hinterher und der Zug fährt ohne sie weiter ...

978-3-401-50468-1

Der Türkisvogel

Ann Morrison reißt aus dem verhassten Internat aus, um einen abenteuerlichen Befreiungsversuch von Häuptling Cochise zu starten. Dabei gewinnt sie die Anerkennung des Häuptlings, der ihr als Zeichen seiner Dankbarkeit eine Kette mit einem Türkisvogel schenkt. Froh über die wiedergewonnene Freiheit, macht sich Ann auf die Suche nach ihrem geliebten Chee.

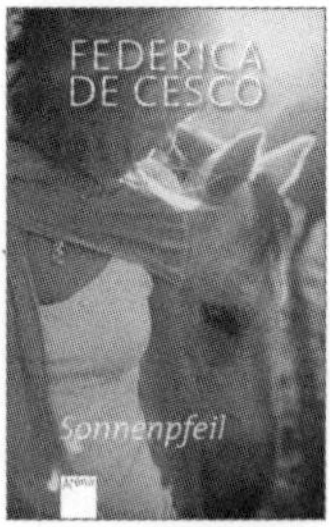

978-3-401-50469-8

Sonnenpfeil

Ann und Chee haben auf einer Pferdefarm eine neue Heimat gefunden, als eines Tages ein wildes Pferd eine Stute aus ihrer Herde entführt. Als Ann und ihr Freund sich auf die Suche nach den beiden Pferden machen, geraten sie in einen Konflikt mit dem Indianerhäuptling Nochalo, der ungeahnte Konsequenzen mit sich bringt ...

Arena

Jeder Band:
Arena-Taschenbuch
www.arena-verlag.de